La escuela sobre las aguas

Lilian Guevara

EL HACEDOR .ORG

La escuela sobre las aguas

ISBN 978-1-7751095-0-1

Esta publicación es un proyecto editorial de **Diverbia + El hacedor** (elhacedor.org).

Puede contactar a la autora en:
libros@elhacedor.org

Edición y diseño gráfico:
JL Rodríguez Pittí

Diseñado y editado en Canadá

Prólogo

Los humanos, animales desnudos y carentes de armas naturales como garras o colmillos, hemos dominado el planeta (y unos a otros) únicamente con el producto del pensamiento, del que hemos sacado todas las técnicas y las tecnologías que hemos necesitado para construir o destruir. Pero esa inteligencia ordenada que nos ha llevado más allá del cielo y nos sigue llevando al fondo de cada fenómeno del universo, es tan compleja que no sólo no nacemos con ella, sino que nos toma décadas desarrollarla. Y sólo podemos hacerlo con ayuda de esa creación del mismo pensamiento: la educación. La que nos dota de lenguaje, material con el que en la mente se crea el pensamiento y más recientemente, de la escritura, «el arma definitiva con la que cada día se repite el salto insuperable de la caverna hasta el mañana». La educación que en el mundo moderno se lleva a cabo, en mayor o menor medida, en esa institución que es la escuela.

Pero la escuela no es un sitio, ni un conjunto de métodos, ni un grupo de personas reunidas en un recinto en el que se dedican a educar y aprender o a experimentar y aprender, aunque sí sea, en parte, todo eso. Como el barco de la paradoja de Teseo, la escuela es una y es muchas, y cambia con el tiempo, con el recorrido mismo del ser humano que debe reinventarla a medida que evoluciona, a medida que se hace más complejo en el tiempo.

De eso trata **La escuela sobre las aguas**. De ese proceso, nunca sencillo, siempre sofisticado, muchas veces sorprendente, por el que se nos debería enseñar a todos a pensar. De esa institución que navega sobre aguas inestables, difíciles, en un clima cambiante en el que los gobiernos algunas veces invierten, pero en otras dejan perder lo invertido, con escuelas pauperizadas y estudiantes abandonados. De esos educadores que dedican su vida a lanzarse «una y otra vez para tratar de redimir a tantos niños y niñas», para enseñarles, con desprendimiento material. Y trata sobre los jóvenes estudiantes y la sociedad en las que éstos desarrollan su pensamiento, el recurso del que se sacan todos los bienes posibles y que debería ser el más importante para cualquier nación.

Los que conocen la pluma de Lilian Guevara, saben que en este libro se encontrarán textos apasionantes, hechos con altas dosis de sarcasmo, humor negro e ironía, tejidos con un lenguaje lírico riquísimo y sólidas ideas.

Pero en **La escuela sobre las aguas** encontrarán además una colección de personajes provocadores, delineados con inteligencia y preocupación social: la madre, que es la maestra y a la vez todos los educadores de vocación; Serafina la bisabuela que sin saber escribir funda una dinastía de mujeres de letras; la abuela, siempre brillante y con un conocimiento profundo del mundo; Josephine, la hija del panadero, eslabón débil de un sistema patriarcal injusto y retrógrado; Romina, la rebelde que reta al sistema; Fernanda, la huelguista con conciencia de clase pero miedo a los comunistas y su pequeña hija Ana que soñaba con ser, paradójicamente, de los comunistas; Octavia, la miss Escocia de pelo crespo; o Rattan, esa especie de papa Noel moreno que se dedica a recaudar la tasa o costo que no debería ser necesario pagar por el porvenir y la felicidad.

Personajes que se desarrollan en variados escenarios rurales y urbanos, del pasado y del presente, conectados por el agua que fluye por los paisajes o la luz que viaja en el tiempo. A través de ellos, la autora nos lleva a meditar sobre diversos problemas sociales, las transformaciones de las ciudades y, en consecuencia, de sus habitantes, las relaciones de poder, la dura situación en la que laboran y sobreviven los docentes, y las preocupaciones de los jóvenes que tratan de incorporarse a una sociedad desequilibrada y ambigua, casi siempre injusta. Todo, alrededor de la escuela, esa que apenas existe en el mundo rural, autosimilar a la urbana pública, pauperizada pero muchos órdenes de magnitud mejor, autosemejante a la privada, cargada de paradójicas deficiencias y costos que la sociedad neoliberal ha dedicado décadas en imponer a sus miembros sin necesidad.

La escuela sobre las aguas de Lilian Guevara es un libro necesario. En especial, en estos momentos en que la educación y el pensamiento, precisamente ese recurso, el de más valor, están en serio peligro.

José Luis Rodríguez Pittí
Toronto, Ontario, Canada

La escuela sobre las aguas

El puente roto

No es un lunes cualquiera, es mi primer día de secundaria. Aunque esta sea la escuela oficial del vecindario y viva a unas cuantas calles, no puedo decir que me sienta en confianza. Esta mañana cuando salí de la casa, yo todavía era yo, pero al llegar aquí fui arrastrada por una ola y desaparecí en el cardumen. Eran miles quienes vociferaban y atropellaban antes del timbre de entrada en busca de sus nombres en los murales para saber qué salón les correspondería. Algunos se abrazaban al descubrir que cursarían juntos el año. Yo no tuve esa suerte. En primer año hay muchos nuevos y, quienes estuvimos juntos en la primaria, ahora nos dispersamos. Conozco a algunas chicas de mi grupo, pero ninguna que sea mi amiga, así que no he podido hablar más que conmigo misma. De todas maneras no había tiempo para la camaradería en nuestro primer paso por el salón de clases.

Nuestra profesora consejera, que es además la profesora de ciencias, se ha limitado a decirnos su nombre, sus reglas y a leer la lista de asistencia, porque enseguida saldríamos al canto del himno. Su gesto fue hostil y de inmediato me produjo antipatía.

Creo que el rechazo fue recíproco porque parecía fastidiada de tener que lidiar con esto. Nos iba llamando en orden alfabético, nos poníamos de pie y nos miraba un segundo antes de llamar al siguiente. En ese único segundo en que me miró, me deshice de mi antipatía e imaginé que le hacía conversación, que le decía que se me da bien el dibujo, que me gusta correr en las competencias deportivas y que desde el balcón de mi casa se puede ver la bahía. Pero al penetrar en su mirada, me di cuenta de que el camino de sus ojos terminaba en un puente roto y que nadie del otro lado tenía el menor interés de saber quién soy. Ha sido como quedarme huérfana de seis madres a la vez. Como si a las seis maestras que tuve en la escuela primaria, las hubiesen aniquilado de un solo tajo.

He quedado de quinta en la fila del canto del himno nacional y lo mejor es que me quede quieta. Apenas nos hemos terminado de formar en el orden y ya se escuchó el porrazo del primer desmayado en caer al suelo. Alguien musita que el caído tal vez no desayunó, pero quienes estamos curtidos en el ayuno forzado, podemos elucubrar otras posibles razones: presión arterial baja, el metabolismo caótico de la adolescencia, el bochorno por el vaho de mil trescientos cuerpos aglomerados a 38 grados de temperatura y 90 por ciento de humedad, esa mezcla de euforia y zozobra que provocan los rituales patrióticos y los funerales, y no faltará quien se sienta que está siendo reclutado en un ejército y por un instintivo pavor a la guerra su cuerpo se desconecte para salvarle. Mientras el director da el discurso de bienvenida, concluyo que hay muchos tipos de desmayados; sobre todo, los lunes.

Pienso que saludar la bandera en ayunas o con la mente poco clara debe servir a algún propósito mayor. Me pregunto qué habría sucedido si después de la independencia no hubiesen obligado a nadie a saludar esta nueva bandera, tan ajena entonces. Hubiese sido como no saludar la paz entre los liberales y conservadores, la amistad entre liberales y conservadores, el poder de los liberales y conservadores. Ahora caigo en cuenta de que el principal propósito de la escuela es el saludo y todo lo de las materias es secundario. Pero no voy a decirle a nadie lo que estoy pensando porque ya han pasado muchos años desde los primeros saludos a la bandera y cualquiera que venga ahora a arrojar alguna duda sobre esto podría ser arrollado por una turba saludadora. Tal vez solo tengo hambre y he perdido mi chance de desmayarme porque otro de mi salón ya lo hizo. Creo que uno no debería saludar banderas cuando no ha comido. Estoy mareada.

Finjo escuchar el discurso de un director distante que jamás me llamará por mi nombre. En la primaria, ya me había acostumbrado a tropezar a cada rato con la directora y sus indagaciones. Pero nadie parece muy amigable por acá. Tal vez no les gusta que hayamos crecido. En la primaria yo era una niña, pero ahora solo soy una cifra. Hace un momento la consejera nos lo ha dicho sentenciosa: «apréndanse su número porque no se los vamos a repetir», y algunos nerviosos corrieron a anotarlo en la última página de sus libretas. Yo lo memoricé: soy la número 21 de los 49 del primer año F. Tengo una docena de profesores y profesoras y a ninguno le importo. Sé que no es personal, creo que ellos deben andar peor. A cada uno le ha tocado atender hasta 14 grupos. Querernos no está en sus manos. Si alguno llega a recordar mi nombre en el primer bimestre sin que yo cometa una falta grave, eso sería ya una proeza porque los primeros en ser recordados son los que cometen fechorías. Quizás por eso han redoblado las unidades de vigilancia, porque piensan que seremos una pila de gamberros.

Hace calor, pero prefiero eso a que llueva. Por cualquiera es sabido que esta escuela es de las que se inundan. Es una de las secundarias mejor reputadas, pero nadie resuelve sus problemas de drenaje. Si un aguacero se prolonga por dos horas es casi seguro que un mar de aguas marrones cubrirá el patio y anegará todos los pasillos y salones de la planta baja. Hay a quienes les gusta porque así no dan clases, pero a mí me intimida porque toca encaramarse en las barandillas y en las murallas de los corredores a esperar a que las aguas bajen. En una ocasión, una chica resbaló y tuvo que chapotear entre ratones, y supe de otro que con una tabla y un palo de escoba se puso a navegar gritando: «Bienvenidos a Venecia. A dólar el paseo en góndola». Tuvo clientes, pero después lo suspendieron por 3 días.

Ahora ni siquiera tendré la compañía de mi hermano, que estudió aquí hasta hace dos años. Era primera fila de redoblantes y dirigía el club de ciencias. También participaba en un grupo grande de estudiantes que organizaban sus propias actividades. Hasta el día que se fueron caminando desde aquí hasta el Ministerio de Educación a exigir que destaparan los desagües de una vez por todas. Después de eso lo expulsaron a él y al otro cabecilla. Ahora está en casa enojado porque no podrá graduarse este año. Se la pasa viendo la televisión sin mirarla realmente y se rehúsa a estudiar de noche. Y como si me fuese posible olvidarlo, el director acaba de recordarnos que ahora está prohibido por decreto formar agrupaciones que no sean las autorizadas por el Ministerio.

No cabe duda de que la secundaria siempre se verá mejor desde la primaria. Después de llegar a ser los más grandes el año pasado, ahora otra vez somos los pequeños de la historia, pero ya no solo en tamaño sino también en significado, porque en la primaria los más pequeños son graciosos, favoritos, importantes. Pero en la secundaria los más pequeños no somos nada. En tan solo un verano nos han reducido y seis años de lucha se han pulverizado.

El director termina de hablar y como por ensalmo mi mareo se disipa. En la inercia de las filas vamos de regreso a los salones. Hay vigilantes en los rellanos de cada escalera y me voy resignando a la idea de que estudiaré en esta fábrica por los próximos seis años. Es hora de aceptar que estoy en secundaria, que pronto volverá la época lluviosa y que nunca más voy a tener una maestra, alguien que conozca mi nombre, mi letra y mis dibujos, y que recuerde mi voz y el color de mis ojos. Hoy todas mis maestras me han sido arrebatadas y no sé a quién se le pudo ocurrir esta masacre.

Miss Escocia

Cada mediodía, mientras esperaban a que las viniesen a recoger, las dos hijas de un doctor renombrado, una compañerita de éstas y una más grande, de quinto grado, jugaban al concurso de Miss Universo en el pasillo del salón de música. Las tres primeras eran las concursantes y la niña más grande, sosteniendo un cepillo de peinar a modo de micrófono, hacía de jurado y presentadora. El espectáculo era muy breve porque la presentadora llamaba a cada participante a hacer un recorrido por la pasarela imaginaria. Luego las tres se juntaban en el centro del escenario, sacudían de un lado a otro sus relucientes cabelleras de revista y se tomaban de las manos nerviosas porque venía el veredicto.

—Y la reina es... —exclamaba desde una esquina la presentadora con una pausa de suspenso— ¡Miss Estados Unidos!

Las concursantes se miraban con estupor durante los segundos que les tomara abrir la boca en cámara lenta y llevarse las manos al rostro, y luego lanzaban un grito delicado y agudo. Incluso, una de las hermanas, como si no supiera que ella misma era quien ganaba el concurso cada mediodía, se cubría la boca con las puntas de los dedos y se sonrojaba con emoción sincera. Después, la presentadora le colocaba una corona y un cetro invisibles y la siempre nueva reina se paseaba saludando a la audiencia imaginaria.

Las participantes de éste concurso no parecían estar conectadas con el entorno, pero tampoco les venía mal que los tres o cuatro desperdigados que todavía quedaban por ahí a esas horas, se detuvieran a curiosear y, por casualidad, hicieran las veces de público. Octavia, de tercer grado, aunque prefería la actividad física, solía estar entre esos pocos merodeadores que tenían el aguante de ver una y otra vez el mismo espectáculo.

Un mediodía, el concurso no había comenzado a la hora habitual y se sentía cierta conmoción en el ambiente. Al parecer, la amiguita de las dos hermanas había enfermado de varicela y las niñas discutían sobre qué hacer, ya que el reglamento que ellas habían creado les exigía tener al menos tres concursantes.

—¿No van a hacer el concurso? —se acercó a preguntar Octavia, no tanto por interés como para decidir qué otra actividad realizaría con esta parte de su hora de almuerzo.

La presentadora y jurado se le quedó viendo dubitativa porque le surgió una idea pero a la vez una encrucijada. Quería invitarla a actuar de sustituta pero se preguntaba si una niña con un cabello tan crespo, atado en dos moños cargados de bucles esponjosos tendría la apariencia apropiada para este certamen. Así que dijo en voz alta como para convencer a las otras y a sí misma:

—¡Oye, tú no eres fea! ¿No quieres jugar al Miss Universo? Es que necesitamos un reemplazo para Miss Inglaterra.

Pese a lo inesperado del ofrecimiento, a Octavia le entusiasmó la idea, pero antes de que respondiera, Miss Estados Unidos y Miss Alemania le hicieron señas de negación. Es por mis moños, pensó Octavia, pero ellas lo esclarecieron de inmediato:

—No. Miss Inglaterra está enferma, tendrás que ser otro país.

—Sí, es cierto —corroboró la jurado presentadora—. ¿Qué país quieres ser?

—Miss Escocia —respondió Octavia, mientras evocaba las faldas de tartán, el sonido de las gaitas y la imagen de una pequeña cabaña que resistía el abrazo de un viento implacable a poca distancia de la orilla de un acantilado, que había visto en la televisión.

—¿Ese país existe? —preguntó una.

—Tiene que existir —respondió Octavia indignada—, sale en las noticias.

La jurado presentadora aprobó asintiendo con ojos entornados y aire de mujer avezada. Las otras se encogieron de hombros impertérritas y de inmediato sacaron un lápiz labial con olor a fresa y sin mediar preámbulos le pintaron la boca a Octavia con la advertencia de que no fuera a lamerlo porque no tenía sabor a fresa. El concurso se desarrolló sin más dilaciones porque no fue necesario explicar el guión a la sustituta, quien se sumó al ritual de las sorpresas y las sorprendidas.

Esa tarde cuando Octavia volvió a casa se puso a trastear las gavetas de su escritorio en busca de materiales de trabajo. Era muy diestra con las manualidades y dedicó varias horas a revisar la enciclopedia y a diseñar, medir, cortar y pegar. Al mediodía siguiente se presentó al concurso con tres coronas de cartulina blanca cubiertas de escarchas de colores: una corona real de puntas altas para la reina y dos tiaras para las finalistas.

El concurso ahora estaba a la altura del universo y ellas estaban más emocionadas cada día. Sin embargo, después de una semana de participación en aquella competencia arreglada, a Octavia se le ocurrió decirles que estaba aburrida de que Miss Estados Unidos fuese la ganadora todo el tiempo.

—Si no te gusta, vete —le respondieron sin miramientos, tal vez calculando que Miss Inglaterra pronto estaría de regreso y que su rol de relleno sería prescindible.

Octavia no pareció sorprenderse. Se dirigió imperturbable a la banca en la que reposaban las coronas y las recogió para llevárselas. Al ver esto, una de las niñas lanzó un grito sobrecogedor, como si la hubiesen herido. Las tres socias corrieron a rogarle a la disidente que no se fuera del concurso y que por lo que más quisiera no les quitara las coronas. Al verlas al borde del llanto, Octavia terminó por decirles que estaba bien, que se quedaría a concursar por última vez y hasta podría ser que les dejara las coronas. Gritaron y saltaron, casi le besan las manos. Estas chicas realmente están convencidas de ser reinas, se dijo Octavia cuando las vio tan afectadas.

Y aquel mediodía, y sólo por una vez, en el pasillo del salón de música de un pequeño punto en el mapa del mundo, Miss Escocia fue coronada la reina del universo.

La casa materna

¿Qué habían estado haciendo nuestras madres para no tener bienes que dejarnos?
—Virginia Woolf

Nacimos en el barrio de Catedral, el último reducto de piedra colonial sitiado por la bahía. Un fortín resguardado por el patrullaje de los botecitos de pesca artesanal y los barcos del muelle fiscal. Del otro lado del mar, la postal inmóvil de la angosta muralla blanca con unos pocos edificios grises al fondo. Una ciudad de la que se suponía éramos parte.

Nuestra casa sobrellevaba con modestia el paso de los siglos. Se erguía en una construcción angosta de dos plantas y un ático, en un espacio que alguna vez habría sido parte de los predios de la Iglesia de La Merced. Las paredes externas eran blancas con unos raspones de calicanto de cuyas fisuras brotaban escuálidas plantas aéreas. Los balcones de forja que durante mi infancia ya comenzaban a mostrar su herrumbre, alguna vez habrían sido decoraciones magníficas. De techos altos y mosaicos de flor de lis, se nos juntaban varios estilos arquitectónicos. La pared de fondo y el corredor de la planta baja eran de genuina piedra

colonial traída una a una por la Orde
rios a finales del Siglo XVII. Las de
ban del siglo XIX y la fachada fron
primeros días del siglo XX. Nunca
piedra del corredor de la planta baja pa
to y el tiempo atravesaran con libertad esa porosidad de siglos. Algunas noches escuchamos el eco de las familias aristócratas que ahí vivieron siglos antes y, al subir al pequeño ático, era posible encontrarse con el fantasma desolado de alguno de sus hijos enfermos sentado en una silla. Con un ceño severo y su largo dedo pálido sobre la boca, mi abuela nos hacía señas de guardar silencio pero no con el propósito de escuchar lo que decían, sino por respeto, decía mi abuela, «porque un día los muertos vamos a ser nosotros».

En esa casa nacimos mi tía, mi madre, mis primas, mis hermanas y yo, y también nuestros hijos e hijas. Y con los años, allí murieron mi abuela y mi madre. Nuestras almas se impregnaron de sal desde la primera inhalación de oxígeno. Los gritos de las gaviotas y el susurro de la espuma de la playa nos arrullaron. Nuestra cuna era un pequeño espacio en la cama de mi abuela, y el móvil de muñequitos eran esos pájaros negros que daban vueltas en lo alto anunciando el aguacero y que desde cierto ángulo podíamos ver por un gran agujero que teníamos en el techo. «Esta semana lo arreglan», decía mi abuela cada semana, y todas fuimos creciendo bajo aquel tragaluz sin filtro en forma de estrella.

Mi abuela provenía del campo y, una vez instalada en este barrio de luz encapsulado en el tiempo, ya no quiso probar suerte en ninguna otra parte de la ciudad. Cuatro generaciones nos atrincheramos aquí por o afectivo y no nos incomodaba que nuestra casa menzara a lucir vieja porque habíamos aprendido a mar la belleza de la vejez. Allí vivimos los golpes de Estado y los golpes de suerte, los desfiles patrióticos, los cientos de protestas que marchaban rumbo a la Presidencia, las procesiones de cuatro iglesias, las navidades de las casas de vecindad, la invasión estadounidense y la aparición de las pandillas.

No teníamos idea de que nuestras vidas austeras moraban en una propiedad cotizada en millones de dólares. Nada sospechamos cuando el barrio fue declarado patrimonio universal, ni cuando en vez de Catedral, los visitantes, cada vez más frecuentes, comenzaron a llamarle Casco Antiguo. Crecí convencida de que esa era nuestra casa, y sólo cuando nos echaron supe que después de siete décadas pagando arrendamiento, unos nuevos propietarios que no conocíamos la habían comprado en una minucia y vendido en una fortuna, con nosotras adentro. El día en que nos íbamos, nos paramos en la acera con más de cien cajas y fardos sin saber para dónde coger porque cuando levantamos la vista hacia el otro lado del mar, nos dimos cuenta de que la postal inmóvil también se había ido.

Ahora el barrio es un centro de turismo y esparcimiento. Algunos de los edificios fueron restaurados manteniendo diseños afines a los de las antiguas construcciones, otros fueron remodelados evocando cierta apariencia e incluso emparapetados impunemente. Muchas propiedades fueron compradas por especuladores y por celebridades internacionales del cine y los negocios, y convertidas en apartamentos, hoteles, tiendas, bares y restaurantes. Y en unas cuantas permanecen instituciones públicas y ministerios.

Hace poco me di a recorrer sus calles adoquinadas, las plazas, las murallas, las iglesias, los museos, las escuelas, las casas que habitaron mis conocidos, la noria y la playa en cuyas aguas una vez lancé las cenizas de mi madre y de mi abuela. Finalmente, me detuve en la entrada de la casa en que nací, ahora convertida en restaurante. Tras un breve titubeo, decidí entrar a cenar. En realidad era un pretexto para trasponer otra vez ese zaguán y regresar a las tardes en que gritaba anunciando mi llegada desde el primer peldaño y comenzaba una especie de juego entre mi abuela y yo para ver quién era más veloz, porque a medida que yo subía las escaleras, me iba sacando las prendas del uniforme. Para cuando llegase arriba, ella debía de tener el plato servido y yo tenía que estar en peticote justo a tiempo para sentarme a la mesa. A veces ganaba ella, a veces yo. «Sopa de res: mi abuela debe haber cobrado», me dije muchas veces mientras comía.

La casa se ve muy distinta y bastante más pequeña que en mis recuerdos, pero luce magnífica. Me dolió reconocer que por más que la lavamos y pintamos nunca logramos hacer que luciera tan bonita. Los balcones de hierro forjado se despliegan en espirales floridas, los techos siguen siendo altos y los mosaicos de flor de lis de los últimos cien años han sobrevivido. Aquel agujero del techo ahora es un verdadero tragaluz por el cual los rayos del sol y de la luna se derraman sobre el salón de la planta alta. Allí, quise tomar una mesa ubicada en el sitio en el que solía estar nuestro comedor, pero me decanté por una más pequeña en el balcón. Desde ahí pude contemplar una vez más la bahía serena; ahora sin pescadores, ni gallinazos, ni mercado, ni muelle, lo cual volvió todo inverosímil.

Tuve la sensación de haberme encogido y de encontrarme en una de esas casas de muñecas en las que los muebles no tienen función real porque están petrificados o pintados, y los armarios, las alfombras, la bañera y esas ventanas con paisaje son solo un dibujo que habría querido romper para hallar la sustancia real, aunque no fuera tan bella, aunque solo me llevara a un callejón roto. Pero no habría podido y habría sido inútil correr escaleras arriba y escaleras abajo porque éstas también son de papel decorativo y lo único que me encontraría en todas las habitaciones de esta casa de muñecas sería mi propio vértigo.

«Mousse de salmón», recitó la joven camarera sirviéndome una entrada que no recordaba haber ordenado, y noté que al fondo del salón, en el rincón que fuera el lecho de mi madre, habían puesto un bar. Un muchacho hacía frenéticas maniobras con un envase de aluminio para divertir a una pareja de turistas. Aplaudieron cuando al destapar el brebaje salió un humo muy denso que supuse frío y que me recordó a una escena de Los tres chiflados. Mi madre y yo los veíamos en la televisión sentadas con mesura en el borde de su cama. Ella apenas los soportaba con media sonrisa mientras que yo les adoraba porque siempre estaban tratando de ganarse la vida en un mundo extraño y absurdamente mezquino.

La cena, preparada por un célebre chef internacional en la cocina en la que mi abuela tronaba el cucharón contra la paila, posiblemente estuvo deliciosa, pero me dejó un sabor amargo. De salida, bajé las escaleras y pasé por el patio interior. En donde antes hubo tinas de lavar y tendederos, una fuente resplandecía en el centro de una simulación no muy esforzada de patio andaluz. Atravesé un corredor de piedra colonial por el que cruzan libres el viento y el tiempo, y, al llegar al vestíbulo, vi a mi abuela y a mi madre de pie junto a la puerta. Se veían cansadas e impacientes como si llevaran mucho tiempo esperándome. Vestían la misma ropa que usaban cuando murieron. En cuanto me fui acercando, me salieron al paso y mi abuela me extendió los brazos suplicante:

—Vámonos de aquí, mija. Esta ya no es nuestra casa.

Agricultura

Si el Imbécil sigue trabajando [la tierra], no sentirán la miseria; él mantendrá a sus hermanos.
—León Tolstoi, Iván el Imbécil.

Pienso que la agricultura no goza de mucho respeto en esta escuela. Nos han enseñado que las plantas nacen, crecen, se reproducen y mueren; y que necesitan agua, tierra, oxígeno y luz. Pero nada dicen de cómo se cultiva y cómo la comida llega a la mesa. En la lista de profesiones del libro de estudios sociales aparece un doctor, una enfermera, un abogado, un policía y una maestra, pero ningún agricultor. El cuaderno de agricultura es el más flaquito; de sus 96 páginas, usamos 12 en todo el año. No sé para qué lo piden si bien podríamos tomar esos apuntes en una servilleta o usar el mismo cuaderno durante toda la primaria. Y en secundaria, Agricultura ni siquiera existe. Supe que hace años hubo huertos como parte de la clase de agricultura, pero cuando fui a indagar a la rectoría me dijeron que los quitaron para evitar que nos ensuciáramos con la tierra. Y cuando pregunté de qué estaba sucia la tierra, la madre superiora se me quedó viendo raro.

En la clase de agricultura, Sor Juana nos preguntó si alguien sabía las partes de la planta, y como no existe libro de agricultura, todas corrieron a buscar pistas en el libro de ciencias. Yo ni me inmuté porque no traía el libro de ciencias, así que me dediqué a mirar por la ventana rogando que no me preguntase directamente. «¿Cuáles son las partes de la planta?», repitió Sor Juana. «Ramas, hojas, flores, frutas, semillas, tronco, raíces», respondí de pronto. Sor Juana me felicitó por haber estudiado las partes de la planta antes de llegar a esa lección. Pero tuve que confesarle que la verdad es que yo tampoco me las sabía. «Lo que pasa es que las acabo de ver en ese árbol que está ahí afuera», le señalé hacia la ventana. Un gran árbol de mango se erguía a pocos metros de nuestro salón, y más allá, otro y otro. El colegio estaba rodeado de vergeles frutales. Entonces Sor Juana nos invitó a observar por los ventanales, y nos quedamos largo rato acodadas en el alféizar viendo todos esos árboles, mientras ella nos explicaba la fotosíntesis y nuestra dependencia de las plantas.

Cerca de la alambrada de maracuyá, el señor que cuida los jardines iba pasando con una carretilla de mamoncillos y ciruelas traqueadoras. Tal vez no lo habíamos notado pero todos los días recogía cantidades de frutas y las repartía entre sus vecinos. Eran tantas, que llenaban tanques y salían a venderlas por las calles de la ciudad y a las puertas de las escuelas. Y en la entrada de nuestro propio colegio, centenares de estudiantes comprábamos a diario los frutos de un bosque en el que vivíamos ignorando su existencia.

El cartón

Mi madre ya había tenido a mi hermano cuando se atrevió a retomar la escuela en el punto en el que la había dejado siete años atrás, y a los veintitrés años de edad se matriculó en el cuarto año de la escuela secundaria nocturna.

—Te voy a cuidar al niño —convino mi abuela—, pero en tres años tienes que haber conseguido ese cartón.

Mi madre lo da todo en la cancha. Con malestares o bajo la lluvia, atiende a la escuela cada noche. Labora en un almacén de ropa al inicio de la Avenida Central. Su hora de salida del trabajo es la misma que la hora de entrada de la escuela nocturna y si hiciese el trayecto caminando, se perdería la primera hora de clases. Así que, debe correr y todos los días entra al aula con algunos minutos de retraso. Cada madrugada se levanta muy temprano a leer, y en el día, estudia a escondidas entre los escaparates del almacén. Cuando, al siguiente año, quedó embarazada de mí, entendió que tendría que redoblar esfuerzos y sólo dos semanas después de darme a luz regresó a las clases, justo a tiempo para presentar los exámenes finales de ese quinto año.

—Un momento, yo a usted no la conozco —dice el profesor de Gobierno cuando la ve entrar al salón.

Qué inoportuna desmemoria. Mi madre traga y le explica que sólo se ausentó dos semanas porque estaba dando a luz. Pero en esas dos semanas ella ha cambiado mucho. Ahora es muy delgada y acaba de cortarse el cabello como la protagonista de la película **El bebé de Rosemary**; un estilo que se ha puesto de moda pero que, sobre todo, le ahorra tiempo de acicalamiento personal.

—Yo no la recuerdo —reitera él—, y si de mí depende, usted no aprueba el año.

Mi madre decide arriesgarse y se sienta a desarrollar la prueba. Mientras escribe, debe contener la oxitocina y las lágrimas de varios años. Sin embargo, está bien preparada y consigue dar una prueba brillante. En cuanto la entrega, el profesor le marca una gran X en tinta roja para recordar el caso, y mi madre se sienta en la entrada del instituto a reconsiderar con desesperanza su futuro.

Pero la venganza le toca el hombro y ella se voltea. Es un grupo de estudiantes que está recogiendo firmas para denunciar al profesor de marras por abusivo. Ha humillado a tantos alumnos, que decenas de ellos van rumbo a la dirección con una acusación escrita.

—No faltaba más —responde mi madre y saca su bolígrafo.

El profesor, que ya contaba con la antipatía del director del instituto, de inmediato es sancionado y cambiado de grupos y asignatura. Los estudiantes aplauden a rabiar.

Pero son tiempos convulsos e impredecibles y al año siguiente la política da un revés y el profesor sancionado pasa a convertirse en director interino del instituto. Justo ahora que mi madre tiene problemas con una asignatura y necesita que el director autorice su reválida para poder graduarse de secundaria de una vez por todas. Pero el sujeto ha vuelto resentido y mantiene a mano la nota con las firmas de sus sesenta y cinco acusadores.

—Tú fuiste una de esas lloronas que me indispuso el año pasado —recrimina el director en cuanto mi madre traspone la puerta del despacho.

Vaya, ahora sí que la recuerda.

—Eso no es cierto —responde mi madre airosa, como si estuviese en posición de exigir—. Si yo aparezco entre los querellantes, ha de ser una falsificación.

El director apretuja los labios con una mueca de impaciencia, mientras ojea la nota para echarle en cara su participación en la conjura, pero una y otra vez revisa las dos páginas desconcertado.

El día de la acusación en masa mi madre quiso firmar de buena gana, pero en cuanto empuñó el bolígrafo, se sintió ante el dilema de alzarse contra un ser injusto y el temor de arriesgar el empleo de esa persona. Alguien que había amenazado con reprobarla, pero de quien no tenía certeza de la materialización de esa amenaza. Finalmente, rechazó participar.

Una tarde de enero de 1974, luego de aprobarse su reválida, mi madre se presentó ante la ventanilla de la secretaría de la escuela. «Firme aquí», dijo sin levantar los ojos la oficinista que le entregó el diploma de bachiller en letras. Y mi madre, que no era de risa fácil, ese día caminó sonriente durante el trayecto de la Avenida Central, avanzando entre el gentío y los buses y los almacenes y los buhoneros, y aferrando el pergamino que se resguardaba dentro de una cubierta azul marino de pasta dura sobre la cual se estampaba el dibujo de un búho en tinta dorada.

No hubo togas, ni anillos, ni fotos, ni brindis. Solo mi abuela, que la esperaba en el balcón de la vieja casa de Catedral conmigo en los brazos.

–Tenga, mamá –dijo mi madre–. Aquí está el cartón.

Parte de Washington

En el aniversario de la independencia, a primera hora de la mañana, era obligatorio asistir al acto del saludo a la bandera en el colegio. Ese día las compañeras favoritas de mi hermana traían una bolsa con ropa porque a la salida del acto vendrían con nosotras a casa para ver el desfile de fiestas patrias que cada año recorría las calles del barrio de Catedral, donde vivíamos, ya que ahí se localizaba la presidencia de la república y la plaza de la independencia. En el atrio de la iglesia que teníamos justo al lado de la casa contábamos con un palco que garantizaba una visión estupenda y sin exponerse a los empellones del gentío orillado en la acera. Para la ocasión, mi abuela nos compraba vestidos nuevos y preparaba una paila grande de arroz con pollo.

Las muchachas se peleaban por ser las invitadas de fiestas patrias de mi hermana. Yo no era simpatizante de traer amistades a la casa, pero cuando llegué al cuarto grado coincidió que mi mejor amiga y la mejor amiga de mi hermana, también eran hermanas. Así que ese año, tuve por primera vez mi propia invitada.

En el autobús de la ruta Panamá Viejo - Calle 12, mi amiga y yo veníamos divertidas una al lado de la otra y, detrás de nosotras, mi hermana y su amiga, chicas grandes que estaban a punto de terminar la secundaria. El trayecto hacia mi casa iba en dirección contraria a la ruta en la que mi mejor amiga y su hermana solían viajar hacia la suya, en un lugar llamado Alcalde Díaz.

—¿Sabes dónde queda Alcalde Díaz? —me preguntó mi amiga. Le respondí que había oído el nombre pero que no sabía dónde quedaba.

—Es cerca de Ciudad Bolívar —indicó ella, como si esto lo aclarase—, ¿sabes por dónde es?

—No, tampoco —respondí yo.

—Como si fueras hacia La Cabima —intentó ella, que no quería rendirse, pero yo seguía negando con la cabeza.

Entonces se quedó pensativa y en sus ojos pude ver que mentalmente se estaba alejando un poco de su casa en busca de una referencia más conocida.

—Mira, ¿tú sabes por dónde queda Las Cumbres? —preguntó resuelta.

Yo intuí que ya no le quedaban más recursos para darme su dirección, así que había llegado la hora de mentirle:

—¡Sí, claro, Las Cumbres!

—Bueno, por ahí mismo —contestó ella sonriente y aliviada de que por fin yo tuviese una idea cercana de la puerta hacia su mundo.

En esas estábamos cuando el bus se enfiló al inicio de la Avenida Balboa y un relámpago en los ojos de mi amiguita aniquiló en un segundo su Alcalde Díaz, su Cabima, su Ciudad Bolívar y Las Cumbres. Se quedó encandilada mirando hacia el mar. Estaba contemplando la bahía por primera vez. Su padre, aunque tenía coche y un buen empleo en el gobierno, nunca las llevaba a ninguna parte que no fuese la escuela. Pero en ese momento yo no fui capaz de ponerme a la altura de su descubrimiento y cuando me dijo que jamás había estado en esta parte de la ciudad, no pude dejar impunes su ignorancia y su inocencia.

—¿Estás segura de que nunca viniste por acá? —le inquirí.

—¡No! ¡Jamás había visto nada de esto! No sé dónde estoy.

—Vamos por la Avenida Balboa —le dije—. ¿Y ves eso al fondo en aquella punta? —pregunté, señalándole hacia la pequeña península del barrio de Catedral que sobresalía al final del malecón.

—Sí, ¿qué es?

Antes de responder, me volteé un segundo para asegurarme de que las grandes no nos estuvieran escuchando:

—Todo eso es Nueva York —le dije a sangre fría.

—¡No puede ser! ¿En serio?

—Sí, y parte de Washington —agregué animada por el fulgor de la cúpula de la torre de la Iglesia de San Francisco de Asís.

—¡Es increíble! ¡No lo puedo creer! Nunca pensé que se podría ver desde aquí.

Yo afirmaba con la cabeza como una vieja experimentada que asiente ante una verdad obvia. Entonces mi amiga, fuera de todos mis cálculos, que en realidad fueron muy pocos, se conmovió y comenzó a llorar. Yo le decía que se calmara, por temor a que las otras se dieran cuenta pero mi amiga no cabía en la emoción y, con el rostro rezumante, se volteó hacia el asiento trasero para darle la noticia a su hermana. Me duró muy poco el placer de aquel engaño. Mi hermana abrió los ojos con una mirada que no se decidía entre el asombro y la repugnancia y en cuanto llegamos a casa, ardió Troya. Como yo era la menor, todas me regañaron en fila: mi madre, mi tía, mi hermana y mi prima. Todas, menos mi abuela que había contemplado la escena en silencio desde su esquina del sofá largo. Las indignadas se fueron al desfile y yo me quedé castigada en una silla frente a la cocina.

Desde hacía muchos años mi abuela había dejado de asistir a los desfiles y se limitaba a echarles una mirada por televisión entre siesta y siesta, pero con el volumen enmudecido porque el sonido real llegaba en vivo desde las calles. Las paredes vibraban y los fragores ascendían hasta la sala, pero yo me consolaba con el olor del arroz con pollo que todavía humeaba en la estufa y que en algún momento habrían de darme cuando las indignadas estuviesen de vuelta.

Cada tanto, la música de los clarinetes suavizaba los golpes de los redoblantes y pude darme cuenta de que en realidad nunca me gustó el desfile y que la misma euforia que me producía, me hacía sentir una terrible desesperación, unas ganas de correr y de lanzarme al mar para apaciguar aquellos llamados a batalla. Pensé en las bandas de música desfilando junto a las bandas de guerra y sus famosos batallones de niños vestidos de soldados portando sables, y me pregu si la música y la guerra realmente podían conviv so-

Una de las marchas patrióticas favoritas evitó a nando por octava vez, cuando mi abuela que me sentarme junto a ella en el sofá. No habl hizo señas, como si las nuestras fuesen a escucharnos desde las calles vecinas en medio de aquel estrépito. Cuando me senté a su lado, sacó un papel que tenía doblado en el bolsillo del vestido. Era la copia del cheque de la pequeña pensión de viudez que recibía todos los meses por su finado esposo que había sido trabajador de la Zona del Canal —bajo la autoridad de los Estados Unidos— y había muerto en su puesto de trabajo.

Con el documento en la mano, miró hacia los lados y se inclinó un poco más hacia mí como si nos estuvieran vigilando. Fue cuando caí en cuenta de que no eran las mujeres de la casa de quienes pretendía ocultarse, sino de alguna presencia invisible que, a juzgar por sus gestos, podría estar flotando por todas partes.

—¿Sabes qué es esto? —me preguntó en voz baja señalando la imagen que estaba estampada en la esquina del documento.

—Sí, claro. Es la Estatua de la Libertad —respondí emulando su secreteo.

—Así es —dijo ella con ojos grandes—. Es la Estatua de la Libertad que queda en Nueva York. ¿Pero sabes lo que significa que eso esté en mi cheque?

—No, abuela.

—Esa imagen en mi cheque significa que los gringos, el día que quieran, me lo quitan. Significa que cuando le mostraste a tu amiga el lugar donde vivías, [illegible]ú mentiste pero no del todo porque nuestras vidas [illegible] parte de Washington.

Agujeros de gusano

Le digo a la maestra que necesito tomar agua, pero en realidad sólo quiero salirme del salón. Recorro el pasillo de los segundos grados y hacia el fondo veo a una mujer de falda larga sentada en una banca. Se ha quedado dormida, debe estar cansada. Es mi madre que salió temprano del trabajo y quiso darnos la sorpresa de esperarnos a la salida de clases. Me desconcierta verla aquí. La escuela en la que es maestra se encuentra en una comunidad rural muy distante en las periferias de la capital y casi nunca viene a nuestro colegio. Mi hermano y yo nos quedamos aquí durante el receso de mediodía y por la tarde volvemos a casa en el transporte público. Si se requiere de algún trámite especial, quien viene es mi abuela.

Sin hacer ruido me siento a su lado. Lleva puesta la misma falda verde de vuelos que tenía ayer. Nada raro a finales de octubre, cuando los devotos de San Judas se visten de verde. Pero no es por eso que mi madre repite su falda. Lo supe mucho tiempo después. Ella estaba deprimida por estos días y llegó al punto de no darse cuenta de que iba a trabajar con la misma ropa del día anterior o tal vez se daba cuenta pero había dejado de importarle. Estaba pasando por una de las peores persecuciones de su vida profesional. No la primera pero sí la que más le afectó.

La primera fue la de 1978, cuando subió al autobús que transportaba maestras y maestros de aquella zona. De repente, nadie quería hablarle ni sentarse a su lado, se había convertido en una presencia ominosa y no lograba comprender por qué. Tras una semana de miradas afiladas e inexplicables rechazos, un pelmazo se sentó a su lado y se lo contó:

—Están diciendo que eres lesbiana. Parece que tocaste de un modo inadecuado a una colega y les ha dicho a las otras que eres lesbiana y que intentaste propasarte. Casi todas le han tomado la palabra. Al principio no, pero alguien preguntó si alguna vez te habían visto con un hombre y respondieron que no.

—¿Están diciendo?¿Quiénes están diciendo qué? Yo jamás he tocado a nadie de manera inadecuada.

—No sé. Tú eres cariñosa cuando saludas. Tal vez fue eso...

Mi madre siempre había reprobado la homosexualidad. Pero en ese momento en que la estaban vituperando como lesbiana, sintió lástima y vergüenza, pero no de que la acusaran, sino de su propio prejuicio. Entonces decidió ponerse del lado de su humanidad y solo se defendió de la segunda acusación.

—¡Si soy o no lesbiana es asunto mío! Yo jamás le falto el respeto a nadie. Y quién haya urdido esta infamia tendrá que dar la cara y será su palabra contra la mía...

—¡Yo sé, yo sé!... Baja la voz... Además, yo sé que a ti te gustan los hombres, no las mujeres. Siempre he tenido ese don, sabes, lo detecto a leguas... Y no todos creyeron que hayas hecho nada, pero ellas tienen más tiempo aquí y era lógico que las apoyaran... Pero mira, esto es lo que yo te propongo: como aquí casi no hay colegas hombres, sal conmigo, yo te invito, nos acostamos y luego les digo que estamos saliendo y que si quieren nos vigilen y lo comprueben. Verás cómo se les acaba ese chisme. ¿Qué opinas?

—Repugnante —respondió mi madre y se bajó del autobús en mitad de un sendero yermo de tierra anaranjada.

El propio director de su escuela fue quien salió a dar la cara por ella y amenazó con llevar a las hostigadoras ante el ministerio. Se acabaron los cotilleos y hubo disculpas y sonrisitas apenadas, pero mi madre ya no quiso viajar con aquella gente. Prefirió levantarse cada día a las tres de la mañana para caminar el trayecto polvoriento y, por épocas, cenagoso que se extendía entre la carretera principal y la escuela.

Una nube densa de polvo marrón la envolvió cuando el autobús pasó a su lado. Otro autobús, otra escuela, otra infamia, cinco años después. La madre de dos estudiantes aseguraba que su marido y mi madre eran amantes porque había visto cómo se miraban cuando el hombre iba a la escuela y que éste, quien conducía el busito que brindaba el transporte local a las maestras, siempre le guardaba a mi madre el puesto junto a él.

De siete colegas, cuatro estaban en su contra. Y el director, que no poseía en absoluto la lucidez de aquel otro, dio por cierta la acusación y dictaminó que esto era un mal ejemplo para los niños y para la comunidad. Como castigo, mi madre debería romper cualquier contacto con el mencionado padre de familia y realizar trabajos extraordinarios para redimirse con la escuela, incluidos los murales de los pabellones, apoyo en la cocina y escribirle los discursos a él mismo. Nadie levantó una voz de apoyo. Y, una vez más, mi madre abandonó el autobús para recorrer sola su camino de polvo y silencio.

Después supe también que aquella tarde en que mi madre salió temprano, se había dirigido al ministerio de educación para presentar su renuncia, pero al llegar allí, cambió de parecer. En su lugar, decidió venir a encontrarnos y se sentó a esperarnos en aquella banca, con la cabeza recostada a la pared, taciturna, insondable, hasta que los desvelos de muchas noches decidieron cobrar su deuda y la atrapó el sueño.

Observo sus párpados quietos, su nariz afilada, su moño dorado. Sus manos huesudas aferran el viejo maletín de falso cuero en el que lleva libros, papeles, la libreta de calificaciones, el plan de trabajo, la carta de renuncia que no presentó y un puñal en cruz que mi abuela le ha dado para protegerse de los enemigos. No es para apuñalar a nadie y probablemente no lo hayan afilado en los últimos cien años. Es un amuleto muy antiguo en el que mi madre no cree, pero que por creer en su madre, lo lleva consigo.

¿Cuánto tiempo habrá transcurrido desde que pedí el incierto permiso para tomar agua? Mi maestra pronto notará mi tardanza y podría salir a buscarme. Sin embargo, no me inmuto, no quiero dejar a mi madre sola. Me avergonzaría que alguien pase y la vea dormir, pero tampoco me atrevo a despertarla. Nos ha enseñado que el sueño ajeno es sagrado y no hay que importunarlo porque en ese momento somos frágiles y atravesamos la muerte para volver a nacer. Me pregunto en qué parte del sueño se encuentra ahora, si ya atravesó la muerte o si la está atravesando. Con cuidado me acerco a su calor y cierro los ojos.

Abro los ojos y me encuentro en otra banca en un corredor en el que hace frío. Frente a mí, una puerta dice laboratorio de entomología, y a mi lado, una joven con bata blanca me observa. Es mi hija que ha salido temprano de clases y me ha visto dormir mientras la espero. Cada tarde vengo a recogerla a la facultad. A diferencia de mi madre, yo trabajo en el centro de la ciudad y tengo un coche, pero a veces también me canso y a veces tengo miedo de que mi cansancio sea como el de mi madre, que proviene del alma.

—Hija, qué pena. ¿Por qué no me despertaste? —le pregunto.

—No me atreví —dice ella. Pienso que el sueño de las personas es sagrado, que las hace vulnerables y que es mejor dejar que regresen. Como si volvieran a nacer.

Hace mucho tiempo que no escuchaba eso. Hace años o tal vez segundos. La abrazo con gratitud y su tibieza me devuelve al lado de mi madre que sigue ojerosa y con la misma falda de los últimos tres días. Me había quedado dormida a su lado y el timbre de salida nos ha despertado. Pero todo es extraño, ya no soy más una niña, he vuelto grande. Mi madre me sonríe porque no necesita explicaciones; sin embargo, a mi maestra no podría explicárselo, así que espero a que todos se marchen y entro al salón a hurtadillas a recoger mis cosas. Pero cuando salgo con mi bolsa, mi madre ya no está, se ha ido. Ha muerto hace años y también su escuela y la mía. Mis compañeros han desaparecido y también el millar de niños y niñas de quienes mi madre fue maestra, a quienes ella llamaba sus hijos prestados. Tal vez todos han volado al mundo de los sueños del que la infancia no tiene permitido volver.

Alrededor sólo veo ruinas y me pregunto qué haré sin mi madre, como si olvidase que he crecido y que ahora yo también soy una madre. De cualquier modo, no puedo quedarme aquí en este lugar lleno de escombros. Huyo pronto, pero antes de trasponer la salida, echo una última mirada atrás y, a lo lejos, en una banca entre las ruinas vuelvo a ver mi madre que otra vez se ha quedado dormida. Debe estar cansada. Mañana tiene que madrugar porque en una comunidad lejana sus hijos prestados la esperan.

Rattan

Hasta dos veces al año visitábamos la financiera de Rattan, un prestamista proveniente de la India con quien mi abuela y mi madre se mostraban agradecidas por los créditos otorgados, como si se tratase de un favor.

Algunas veces Rattan le refinanciaba el préstamo a mi madre, pero otras veces se lo negaba con diversas objeciones que llegué a aprenderme: «todavía tienes el saldo anterior muy alto»; «si te presto ahora no le gano nada»; «no te cabe la letra»; «cuando te den el próximo sobresueldo regresa y hablamos».

La sala de espera de Rattan permanecía llena, pero era difícil aburrirse porque la mayoría de los clientes eran docentes, entre quienes mi madre solía encontrar a conocidos con quien conversar. Yo me ocupaba en algún juego solitario mientras les escuchaba hablar de sus traslados deseados o indeseados, de colegas a quienes todavía no les habían dado la permanencia, de alguien que tuvo que dejar a su familia porque le enviaron a trabajar a una montaña o de la buena o mala suerte de director que les había tocado. Sus historias de persecuciones y trashumancias forzosas no me animaban a desear ser maestra. Tampoco los préstamos.

Es cierto que los días de préstamo, mi madre y mi abuela iban al colegio a pagarnos las mensualidades atrasadas y a la salida íbamos a comer pollo frito, pero nuestra situación general no mejoraba y cada quincena mi madre se quedaba viendo su talonario de pago con tristeza.

Rattan en persona atendía a los solicitantes. Me resultaba una especie de Papá Noel moreno. Me gustaba algo musical que había en su voz y el modo familiar con el que llamaba a mi madre por su nombre. A mi abuela la conocía también porque ellas eran dadas a hacer todo juntas. Pero en realidad lo que más me gustaba de ir a la financiera era que al otro lado quedaba una policlínica del seguro social, en cuya entrada se apostaban las ventas de torrejitas de maíz, bollos, pixbaes y rosquitas azucaradas.

Un día mientras mi madre tramitaba un refinanciamiento sencillo, mi abuela me llevó a comprar una bolsa de pixbaes. Cuando regresamos, mi madre ya nos esperaba afuera pero se veía desencajada. Contrario a sus cálculos, Rattan le había dicho que esta vez no iba a poder prestarle por las consabidas razones.

—Vamos a tener que devolverlos —dijo mi abuela quitándome la bolsa de pixbaes.

Pero en cuanto le di la bolsa, se me quedó viendo y cambió de parecer. Le ordenó a mi madre que esperase un momento en la puerta, me tomó de la mano y entró conmigo a la financiera. Esta vez mi abuela no se veía agradecida ni amigable. Sin pedir turno se fue directo con Rattan y no sé qué le dijo, tampoco entendí lo que él le contestaba. Los escuchaba como si discutieran en otro idioma y sólo volví a comprender las palabras cuando Rattan levantó sus manos:

–Basta, basta, está bien, señora madre, está bien. Dile a tu hija que venga, que le voy a hacer el cheque.

El rostro de mi madre se iluminó, aunque con esa luz efímera que se extinguiría en dos quincenas cuando entrase el nuevo descuento salarial. Pero ella no estaba pagando por su alegría, estaba pagando el caro precio de nuestro porvenir.

Ese día, las tres marchamos contentas. Mis madres, porque estaban seguras de que un día saldríamos adelante, y yo, porque me dijeron que ya me podía comer el pixbae.

La escuela sobre las aguas

El gobierno militar estaba abriendo escuelas de emergencia social y habían comenzado a reclutar a graduados de bachillerato que quisieran enseñar y, en el proceso, terminar los estudios de magisterio. Esta es la oportunidad de mi madre, que a los 26 años de edad, con un hijo pequeño y una bebé, se acaba de graduar de bachiller en letras y busca un horizonte. En sólo tres meses completa un entrenamiento acelerado en alfabetización y enseñanza básica de matemáticas y la nombran como maestra interina a condición de que termine la carrera de magisterio en los próximos dos años.

Le asignan una escuela rural en las periferias de la provincia capital, en una comunidad campesina, en su mayoría inmigrantes del interior del país. La escuela que les han construido junto a una gran acacia de flores rojas consiste en una sala rectangular de cuatro paredes con cuatro ventanas de bloques ornamentales grises sin pintar, piso de cemento rústico igualmente gris y techo de zinc. Una pared imaginaria divide aquella estancia en dos aulas que atienden a cuatro grupos multigrados. No hay ventilador y el calor es insufrible. Los docentes usan los espacios por turnos con una flexibilidad que el Ministerio de Educación no habría consentido. Pero el ministerio nunca viene por aquí, se dicen, y el director se encoje de hombros desde su diminuta oficina improvisada en un cuartito inacabado, que originalmente iba a ser el sanitario.

Cuando mi madre llega, no tiene espacio en las aulas y tampoco estudiantes. Debe levantarlo todo. A veinte metros, loma abajo, le muestran un rancho abierto al que le corre la brisa y la luz; también el agua cuando llueve. Cuatro columnas de troncos y un techo de pencas. ¡Es perfecto!, exclama mi madre, y sale en busca de niños.

Listado en mano se adentra en la comunidad. Tallos de plátanos, árboles de marañón, espavés, guarumos, harinos, guasimos, inmortales carates y herbazales hirientes. Al principio, no logra ver todas las casas porque algunas se han fundido con la tierra y las raíces de los árboles, hasta que, poco a poco, se le van revelando. Sus sentidos tan habituados a la memoria urbana, ahora se agudizan y se expanden. Estas casitas debieron estar muy camufladas al momento del censo nacional, piensa mi madre, porque ni siquiera aparecen en el registro. Casa por casa, va buscando niños y niñas. Pasando sobre un puente de tablas sin pasamanos, cruza la quebrada que pone distancia entre la escuela y la otra parte de la comunidad. Es un encuentro con las familias más reacias que no respondieron al primer, ni segundo llamado de la escuela. No tenemos dinero, dicen unos; no tenemos uniformes, dicen otros. Voy a trabajar con sus mentes, no con su ropa, responde mi madre, y ellos acceden a enviar a su prole siquiera de modo experimental.

De esa primera generación de estudiantes de mi madre existe una fotografía con fecha de 1974. Mi madre tenía una cámara fotográfica gracias a la cual pudo inmortalizar a aquella muchachada colorida que posa en un campo de tierra roja y matorrales crecidos. Desde niñitos de 7 años que parecen de 4 hasta muchachitas de 14 años. Las más grandes cargan a los más pequeños y parecen más una familia numerosa que un salón de clases. Unos visten los viejos uniformes mostaza; algunos, los nuevos uniformes azules; otros, cualquier ropa. Zapatillas, chancletas, pies descalzos, pero al disparo de la cámara todos se yerguen con un aire de dignidad que no he podido hallar en otra imagen.

Mi madre está feliz de ser maestra, de que este sea su primer grupo y de que su primera aula como docente sea un rancho de pencas porque, contrario a lo que las circunstancias parecen mostrar, mi madre había soñado con ser maestra desde niña. Sin importar la edad o el tamaño, ella empuña en su mano la mano de cada estudiante para enseñarle a dominar el movimiento que bajo mandato de la mente hará brotar por fin las letras. Con una paciencia de días y siglos, a uno por uno le va dotando de la escritura, el arma definitiva con la que cada día se repite el salto insuperable de la caverna hasta el mañana.

En el salón rancho de mi madre, la máxima autoridad es el clima. Cuando llueve muy fuerte, la quebrada se desborda y ella y sus estudiantes deben encaramarse sobre unas mesas grandes y pesadas porque el agua corre bajo sus pies cubriendo el suelo del rancho y los alrededores; a veces, durante horas. Entonces mi madre adapta el ritmo de la clase hasta que ya no es posible hacerse escuchar y es preciso dejar que la lluvia cuente su propia historia.

Una mañana de mayo llovía con fuerza y otra vez se congregaron sobre las mesas. En silencio, contemplaban el paso cadencioso de las aguas y los objetos que viajaban en ella, unidos en un mismo fluir de la mente con el resto de la materia. Otra vez, cada cosa de la naturaleza o de la vida de la comunidad navegaba por doquier fuera del cauce del arroyo: ramas, troncos, tallos de plátano, una cazuela abollada, pequeños roedores luchando por volver a tocar tierra y algún pez extraviado. Pero esta vez mi madre y sus niños se quedaron viendo que el arroyo desbordado arrastraba algo más. Afinaron la vista para distinguir la imagen inverosímil que por fin se acercaba. El cuerpo de un niño muerto pasaba frente a ellos arrastrado por la corriente. Con esperanzas exiguas, mi madre se lanzó a alcanzar al pequeño que flotaba boca abajo. Estaba descalzo y tenía uniforme mostaza. Era estudiante de segundo grado pero con estatura de un pre escolar. Un niño ahogado en el camino hacia la escuela.

Fue así como mi madre se hizo maestra, en medio de ese paisaje social y natural que se reproduciría tantas veces en muchas formas, con ella lanzándose una y otra vez para tratar de redimir a tantos niños y niñas. Muchas veces llegó a tiempo, pero otras, no lo logró.

A veces cuando voy por la carretera, aparco junto a un puente y veo a mi madre sentada sobre un tronco que flota en medio de un río portentoso bordeado de grandes árboles. Tiene un libro en su regazo y lee historias para un grupo de estudiantes que flota sobre otros troncos a su alrededor. Entonces el agua comienza a llevárselos lejos de mí, pero ellos no parecen afectarse, y aún después de perderse de mi vista, sigo escuchando sus voces, sus risas y sus canciones, como si vivieran para siempre allí, en una escuela sobre las aguas.

Las creídas

Todos los salones de clases tenían una creída. En mi grupo de tercer año había tres: Ana Sofía y Ana Gabriela –hijas de un médico que había sido viceministro– y María Victoria, amiga de ellas. Sin motivos reales eran una especie de muchachas superiores al resto del grupo y nos dispensaban un trato oscilante entre el desprecio y la indiferencia. Además de las creídas también había creídos. Con sus poses de estrellas del espectáculo, parecían el complemento ideal de las creídas aunque sus obsesiones eran más específicas: aparentar un estatus económico superior y tratar de ser vistos como una especie de líderes, aunque nosotros no necesitáramos líderes.

El resto de los mortales del tercer año no teníamos la menor pretensión de disputarles los títulos a las creídas y a los creídos y, por lo general, se les sobrellevaba bien con ignorarles. Sin embargo, nos tocaba confrontarles cuando trataban de darnos órdenes o cuando sus complejos o caprichos se convertían en un obstáculo para la supervivencia escolar.

Un día en la clase de historia, nos preparábamos para un ejercicio sobre el absolutismo y la profesora

Barrientos nos ayudaba a repasar. Con voz potente narraba los eventos históricos con una sazón que nos hacía sentir participantes de alguna escena cinematográfica de la revolución francesa, vitoreando detrás de una turba mientras llevaban a los reyes a la guillotina. Y nos indignó que nos contase que no todos los opresores en la historia habían sido depuestos y que fueron muchos los pueblos que defendieron a sus tiranos. Como si estuviese en manos de la profesora, le cuestionábamos cómo era posible que la gente fuese tan tonta. Ella estaba por brindarnos algún tipo de explicación sobre el fenómeno, cuando llegó una oficinista a avisarle que la requerían un momento en la dirección.

En cuanto la profesora salió, tres creídas de los quintos años entraron con todas sus ínfulas azotando la puerta. Venían en busca de las creídas de nuestro salón, pero no como amigas, sino como rivales. Al parecer llevaban tiempo disputándose algún asunto propio del mundo de las creídas. Las de nuestro salón se pusieron de pie y antes de que pudiéramos entender de qué se trataba el asunto, las intrusas del quinto año habían rodeado a las de nuestro salón para llenarlas de insultos, abanicando las manos. Las de nuestro salón trataron de responder a los improperios pero las de quinto año eran más grandes, más gritonas y, al parecer, más creídas.

La presencia de las invasoras comenzó a molestarnos y la estudiante del cuerpo de orden y disciplina de nuestro grupo les llamó la atención. Las creídas de quinto año desde luego que la ignoraron y esto nos ofendió bastante. Sin previo acuerdo nos pusimos de pie y comenzamos a aglomerarnos para hacerles frente.

Una creída de nuestro salón hizo un gesto para apartarse de la mano que le abanicaba cerca del rostro, pero las antagonistas tomaron su movimiento como un ataque y saltaron para golpearla. Una voz que salió del fondo del salón gritó que dejáramos que les pegaran. Me pareció que fue una compañera llamada Octavia, fingiendo voz de hombre. De todos modos, nadie le tomó la palabra. La mayor parte del grupo cerró filas y amenazamos con darles una lección a las foráneas si no se marchaban enseguida. Incluso un compañero les gritó que se largaran a su salón porque nosotros ya teníamos nuestras propias creídas.

Las invasoras se retiraron y nosotros aplaudimos sonrientes de haber defendido la honra del grupo, además de haber salvado a nuestras creídas de una paliza. Pero cuando volteamos a verlas, ellas nos torcieron los ojos y, con ese movimiento exagerado que acostumbraban, sacudieron sus relucientes cabelleras de un lado a otro y se volvieron a sentar sin decir una palabra y con el mismo aire de desprecio que siempre nos dispensaban.

En ese momento, la profesora Barrientos regresó ansiosa por retomar el tema:

—Y bien, jóvenes: me preguntaban cómo era posible que la gente fuese tan tonta de defender a sus tiranos...

Pero ya no necesitábamos respuestas, porque ahora lo sabíamos.

Capotes amarillos

Las tardes lluviosas no son buenas para estudiar. Sin embargo, una tarde de lluvia es capaz de afianzar la semilla del descubrimiento en el suelo de la mente, como tantos hallazgos de la infancia contenidos en la aparente simpleza de los actos repetitivos. Así fue aquella tarde en la que llovía como en cualquier otra tarde de la época, cuando al aguacero le gusta lucirse a la hora de salida. Mi maestra podía olfatear la lluvia mucho antes de que las nubes se extendieran sobre nuestra diminuta mortalidad. Solía asomarse a la ventana y en cuanto veía el remolino de pájaros en el cielo, nos ordenaba ponernos los capotes. Entonces comenzaban a salir de las maletas los ponchos plásticos de varios colores; sobre todo, por la tradición rescatista, el amarillo. Había quienes en lugar de capotes usaban paraguas de dibujitos. Lo importante era llegar a salvo a los autobuses escolares. Yo no tenía capote, ni paraguas, tampoco viajaba en el autobús escolar. Quienes usábamos el transporte público nos cubríamos la cabeza con las maletas y corríamos sorteando charcos hasta la parada de buses en la que nos apiñábamos en jovialidad, casi hermandad, con los trabajadores de la zona con los que luego nos tocaba combatir por un espacio en el autobús.

Esa tarde se aproximaba una tormenta. Oscureció de pronto. El viento sacudía los árboles y el tendido eléctrico, y uno tras otro, estallaban relámpagos que nos retrotraían a los pavores ancestrales. Mi maestra dio el aviso de ponernos los capotes. Pero esa tarde hubo algo distinto. Una fuerza incandescente se iba esparciendo a mi alrededor. Nadie traía paraguas, ni capotes de otros colores. Todos, absolutamente, traían capotes amarillos, excepto yo. La tormenta azotaba con fiereza y postergaron el timbre de salida. Mi maestra nos pidió quedarnos en nuestras sillas con los capotes puestos esperando a que amainara. El fragor del temporal nos mantuvo en silencio. El grupo parecía sumido en un letargo. Una catarata se deslizaba por el exterior de los ventanales. No era posible ver hacia afuera con claridad sin que las imágenes se distorsionaran. Una visión del mundo que no se terminaba de dibujar, comenzaba ya a desdibujarse. A mi alrededor, un mar de niñas y niños con capotes amarillos. Por ratos les observaba como si no les prestara atención y, otra vez, el torrente en los ventanales. El tiempo se suspendió, excepto para la tormenta que se desataba en el exterior. Y en mi interior. Me descubrí distinta. Me descubrí sola. Arrancada de la totalidad. Doblada ante el vértigo que un líquido amarillo había derramado.

Después de la tormenta, vi a los capotes amarillos alejarse, mientras yo me sacudía en un océano en el que los rescatistas jamás podrían hallarme.

La huelga del 79

Fernanda no daba noticias importantes por teléfono; por eso, aquella mañana de 1979, prefirió atravesar la ciudad en autobús para informarle al director de la escuela en la que laboraba como maestra que, a partir de ese día, no iría a impartir clases porque se iría a huelga. A su jefe le tomó un instante salir del estupor porque nadie más en esa escuela se había declarado en huelga. Aunque el director apoyara la reforma educativa recién introducida por el gobierno militar, Fernanda lo consideraba un jefe justo y un buen pedagogo y, por lo general, seguía sus consejos. Pero en esta ocasión ella le rebatió cada palabra y a él no le quedó más que estrecharle la mano con desgano y desearle buena suerte.

No era una decisión impulsiva. Fernanda había examinado la información recibida a través de colegas de otras escuelas que participaban en agrupaciones docentes y, después de examinar la cuestión durante semanas, había concluido que era necesario detener esa reforma, y así se los había hecho saber a sus hijas y a su madre la noche anterior:

—Es una reforma comunista —sentenció Fernanda, quien se sentía impelida a alertar a las suyas de los peligros que las acechaban, y mientras les relataba los horrores del comunismo de los que había recibido noticias, Ramona, su madre, se cubría la boca con las manos, por ratos se tapaba los ojos y, finalmente, se cubría las orejas porque ya no soportaba seguir escuchando.

—Y a ustedes —dijo Fernanda dirigiéndose a sus hijas de cinco, diez y doce años—, los comunistas podrían venir a buscarlas para llevárselas a unas escuelas que son campos de concentración. Las separarían y ya no serían más hermanas sino camaradas. Les darían comida, ropa y una camita junto a miles de otras niñas. Los militares les enseñarían que todo se lo deben al Estado, que son ellos mismos. No les permitirían rezar y les pondrían uniformes militares y botas para entrenar a diario como si fueran pequeñas soldados.

A Ana —la menor de sus hijas—, de inmediato le gustó el comunismo. Un par de botas y una cama propia sin las patadas de sus hermanas a la hora de dormir. ¡Y no hay que ir a misa! Esa parte le habría gustado mucho a su abuela, que en ese momento se había tapado los oídos y se lo perdió. Ana no veía la hora en que los comunistas vinieran a buscarla, y esa noche se durmió con el deseo de que al amanecer, su madre cambiase de opinión sobre el comunismo.

Pero Fernanda no cambió de opinión y, después de reportarse con su jefe, regresó a la ciudad y se dirigió a la escuela en la que se había instalado la base de coordinación de los gremios docentes que rechazaban la reforma. La esperaba una antigua colega que fumaba un cigarrillo tras otro y que luego de presentarla en volandas con el eje central, la dejó en mitad de un pasillo y se perdió entre visitas, llamadas y tareas. Del bolsillo de su camisa de safari color caqui, Fernanda sacó una nota de exposición de motivos que había preparado para presentarse formalmente ante la coordinación, pero nadie ahí parecía disponible para escuchar su declaración de principios. Se limitaron a señalarle la tarea en la que podría ser útil: preparar el café. «Mucho café, todo el día», le dijeron sin asomo de jovialidad, y ella volvió a guardarse la nota en el bolsillo. Mientras revolvía la olla del café se preguntó si el camino más rápido para romper una huelga sería quedarse sin principios o quedarse sin café. «Para sostener una huelga, el café y los principios son fundamentales» concluyó, y en cuanto comenzó a servir los primeros vasos, se vio rodeada de una veintena de colegas desconocidos que se aproximaban con renovada sonrisa.

En la otra acera de la calle en la que se encontraban, estaba el edificio del Ministerio de Educación. Por una de sus muchas ventanitas, una delicada mano de uñas rojas descorrió la cortina y el rostro de una mujer parecida a Sofía Loren se asomó con la mirada fija hacia la trinchera de los huelguistas. Era Emilia, la hermana de Fernanda, quien trabajaba con el gobierno. Hacía semanas que no se hablaban a causa de sus antagonismos políticos y, de pronto, como si sintiera el perfume de un café conocido, oteó con enigmática nostalgia hacia la otra acerca, preguntándose si su hermana terminaría por sumarse a los opositores.

Con el paso de los días, el equipo de voluntarios de la estación de café había aumentado y Fernanda decidió repartir café de puesto en puesto con un carrito que le improvisó un profesor de artes industriales y una especie de marmita de metal que alguien había donado. De esta manera, les ahorraba tiempo a los colegas y se familiarizaba con las diferentes tareas. Un día, el operador del mimeógrafo no se presentó a tiempo y alguien que intentaba reemplazarlo de emergencia había arruinado el material. Fernanda supo resolver el problema y, a partir de ese día, la asignaron como asistente de impresión de documentos. Era un trabajo creciente y delicado, no solo por la técnica utilizada sino también porque implicaba manejar información de primera mano. Pero Fernanda era perfeccionista, discreta y fervorosa, cualidades más que oportunas para trabajar en el mimeógrafo de un gremio en pie de guerra.

Conforme avanzaba el conflicto, se sumaban docentes, administrativos y asociaciones. El área de información y documentación no se daba abastos. Fernanda comenzó a salir cada vez más tarde y, en ocasiones, volvía a casa cuando sus hijas estaban dormidas. En los días más críticos, casi le daba la vuelta al reloj y sólo llegaba a casa a ducharse para volver a partir. Ramona, que no era de gastarse en atenciones con ella, ahora se alegraba sobremanera cuando la veía llegar. Le preparaba una buena comida y le hacía compañía amena en el poco tiempo del que disponían. Una noche Fernanda llegó a casa con la mala noticia de que el presidente de la república había ordenado la suspensión del salario a los huelguistas. A Ramona se le congeló la sonrisa en un rictus patético. El salario de Fernanda era exiguo, el padre de sus hijas se había esfumado de la manera más irresponsable hacía tres años, y Ramona, quien había perdido a su esposo a inicios de ese mismo año, había comenzado a recibir una pensión de viudez del seguro social que sólo alcanzaba para contribuir con una parte de los gastos.

Ante la medida gubernamental, los gremios educativos respondieron con más paros, mítines y marchas, y el conflicto se intensificó, sumando el apoyo de otros gremios de profesionales, así como las protestas estudiantiles. La lucha se fortalecía pero persistían la represión, el temor y la incertidumbre y, desde luego, la suspensión salarial. No conforme con esto, después de cuarenta días de huelga, Fernanda llevó a casa otra noticia. Para huir de la influencia comunista y militarista, sacaría a sus hijas de la escuela pública y las pondría en una escuela privada. Una decisión imposible porque a duras penas les alcanzaba para vivir con las niñas en la escuela pública. Ahora Ramona estaba segura de que su hija, tal vez por las fatigas y los trasnochos, se había trastornado.

También para Ana la noticia fue un baldazo de agua helada. Al siguiente año le tocaba iniciar su educación primaria y por mucho tiempo tenía la ilusión de ir a la escuela primaria Simón Bolívar, donde estudiaban sus hermanas. Quedaba cerca de casa y del malecón frente al pequeño Parque Bolívar, en cuyo centro estaba la estatua de El Libertador blandiendo La Espada de la Libertad sobre un caballo que, según Ramona, se levantaba en dos patas y relinchaba a la medianoche.

La primaria Simón Bolívar era un caserón de tres niveles con exteriores de ladrillos y pisos y paredes internas de madera. En el último piso había una especie de ático de grandes ventanales en el que tenían los salones de quinto y sexto grado. Una mañana, Ramona llevó a Ana hasta allá arriba porque tenía que conversar con uno de los maestros de sus hermanas. Fue ahí donde Ana pudo ver lo más hermoso. Su hermana mayor estaba en su banca junto a la ventana y el sol de la mañana atravesaba cada una de las hebras de su cabello anaranjado. Toda la luz del universo contenida en millones de partículas parecía envolver el pupitre de su hermana. Pero Ana no congeniaba con su hermana mayor. Lo que le pareció hermoso fue proyectarse a sí misma en esa banca de madera flotando en las partículas del día junto a la ventana de luz desde la cual ella podría ver el mar con solo levantar la vista del cuaderno.

La ilusión escolar de Ana era vasta porque sabía que cuando finalizara la primaria, solo tendría que cruzar la calle para continuar la secundaria en el Instituto Bolívar que se encontraba del otro lado de la pequeña plaza. El antiguo convento franciscano, anexo a la Iglesia de San Francisco de Asís. Un edificio de pasado colonial que se hubo incendiado, muerto y resucitado varias veces y que, a lo largo de tres siglos, había prestado servicios de convento, cuartel, hospital, dormitorios y escuelas. Y en el que en 1826 tuvo lugar el Congreso Anfictiónico con el que Simón Bolívar convocaba a la construcción de una nación hispanoamericana. Ana alucinaba con esos pabellones que descansaban sobre pilotes de piedra arraigados en la arena y sobre los que se extendía luminosa aquella escuela sobre las aguas. Pero ahora su madre extinguía de golpe todo ese resplandor para llevarla a un colegio tan lejano de su vida. «¡Maldita sea mi suerte!», se dijo Ana, y esa misma noche preparó un pequeño fardo para estar lista cuando los comunistas pasaran por ella.

En el centro de operaciones, Fernanda le dio vueltas a la palanca del mimeógrafo una vez más. Cincuenta copias y cambio de estarcido. De sol a sol y todavía sacaba fuerzas para participar de las marchas y mítines. Se había convertido en una de las pocas personas que podía entrar y salir de la reunión a puertas cerradas de la dirigencia. El día en que éstos la llamaron para decirle que tenían información de que su hermana era allegada al gobierno, Fernanda respondió con sincera parquedad y precisión: «Tengo una hermana gemela, pero nos encontramos en aceras opuestas».

A los dirigentes les bastó con eso. Muchos de ellos también tenían familias divididas. El país estaba dividido, y ni siquiera era por la reforma. Tal vez la vigilarían, pero eso a Fernanda no le preocupaba porque ahora tenía que girar la manija con más fuerza para diseminar millares de hojas con la nueva información. Los tres grandes frentes gremiales finalmente se habían unido: las escuelas primarias, las escuelas secundarias y los colegios privados. Huelga nacional.

En uno de sus muchos milagros presupuestarios, Ramona había preparado puré de papas con zanahoria y salchichas en salsa. Estaba cenando con sus nietas, cuando escucharon un zumbido estremecedor. Detuvieron las cucharas y alzaron las orejas. El zumbido crecía y se iba tornando en una gran batahola que se acercaba por la calle. «¡Deben ser los comunistas!», se dijo Ana, pero no logró agarrar su bolsa porque Ramona enseguida las tomó de las manos y bajaron volando las escaleras. Las niñas quedaron desconcertadas, hasta que llegaron al atrio de la Iglesia de La Merced y pudieron ver la miríada que venía entrando al barrio por la Avenida Central. La gran marcha de docentes iba rumbo al palacio de la presidencia de la república, que quedaba en el barrio donde vivían. Pero no sólo eran docentes, había movimientos y gremios de todas las profesiones y regiones del país. La punta de la marcha ya había llegado a la Plaza de la Catedral y la serpiente multitudinaria se extendía por toda la Avenida Central a lo largo de tres corregimientos: San Felipe, Santa Ana y el inicio de Calidonia. Los medios de comunicación apuntaron cantidades que oscilaban entre doscientas cincuenta mil y trescientas mil personas, en una época en la que el país no alcanzaba a tener dos millones de habitantes.

Frente a los ojos de Ramona y sus nietas corría ese mar que ella no imaginaba cómo iría a caber en su pequeño barrio. Pasaban, pasaban y pasaban. Cantos, gritos, consignas, llantos, risas, mantas, banderas y hasta un cartel con un dibujo que hacía burla del presidente que le había suspendido el sueldo a Fernanda y a los miles de huelguistas. Ana y sus hermanas se cogieron de las manos y bailaron en círculo para reírse de la caricatura. Era lo que más les había gustado, hasta que, en un remolino de gente, divisaron a su madre que las saludaba desde lejos agitando la mano. Parecía nadar en el mar de rostros para alcanzar la orilla del atrio. Por fin, Fernanda logró llegar hasta su madre y abrazar a sus hijas, a quienes no había podido hallar despiertas las tres últimas noches. Algunos de sus colegas se desprendieron de la corriente para saludar también a Ramona y a las niñas. Ana observó cómo le daban palmadas de felicitación a su madre y cómo otros la llamaban desde la multitud. «Mi madre es alguien importante para esta gente», pensó Ana. Fernanda se despidió pronto y otra vez se internó en ese océano intransigente que empujaba hacia la presidencia. En una multitud uno puede desaparecer cuando nadie ahí se conoce, pero cuando una multitud se reconoce, uno se hace grande con los otros, y Ana vio que su madre marchando entre esa multitud no desaparecía ni se hacía pequeña, sino que se agigantaba en la distancia.

Aquella marcha quedó consagrada como la más grande de la historia del país, materializó la derrota de la reforma educativa y el principio del fin de una fase política.

Esa noche, después de tantas jornadas sin descanso, Fernanda cayó rendida. Pero, pasada la medianoche su madre tuvo que despertarla porque escuchó ruidos. «Se nos están metiendo en la casa», susurró Ramona, y las dos se armaron con palos de escoba. «Si no son ladrones, es gente del gobierno que viene por represalias», sugirió la madre, pero la hija lo descartó enseguida. Ana, que también se había despertado, descartó que fueran los comunistas. Quienquiera que fuese, ya había entrado a la planta baja y se escuchaba como si arrastrasen muebles. Fernanda y su madre, palo en mano, se hicieron señas para comenzar a lanzar gritos que despertasen al vecindario y, según fuese la respuesta de los atacantes, repartir mandobles a diestra y siniestra desde ambos lados del rellano de la escalera para impedirles el paso al piso superior. Pero cuando se asomaron descubrieron que se trataba de Emilia que había vuelto a la casa y arrastraba unas cajas. Hacía más de cinco años que se había mudado con su mejor amiga pero conservaba un juego de llaves de la casa materna.

Esa noche, luego de extendidas y desesperadas reuniones en el ministerio de educación por la derrota inminente, Emilia había logrado llevarse en un taxi dos cajas de libros escolares de la reforma educativa y tres cajas de los viejos uniformes mostaza de las escuelas públicas que el gobierno había reemplazado por los modernos uniformes blanco y azul.

—Mandaron a deshacerse de todo —dijo Emilia con pesadumbre. No sé si planeaban quemarlos o botarlos, pero la idea me sobrecogía y logré rescatar esto.

Fernanda la miró indignada y a esas horas inició el fogoso altercado que hasta ahora no habían librado. Entonces, Ramona extendió sus brazos y su portentoso cuerpo entre sus hijas:

—Un momento. No vamos a pelear por esto y no voy a echar a una de mis hijas a esta hora con estas cosas. Vamos a esconder estas cajas por un par de meses y después de navidad, me las llevo al interior y allá me deshago de todo.

Al mes siguiente se hizo oficial la derogación de la reforma y Fernanda recibió sus salarios caídos. Pronto recibiría un aumento y cada tantos años un sobresueldo, producto de los acuerdos. Pero aun así, durante los siguientes años, Fernanda tuvo que dedicar sus horas libres a dar tutorías a domicilio porque sus pequeños ajustes salariales terminarían en el colegio privado en el que puso a sus hijas o en las arcas de los bancos y financieras con los que hacía préstamos para poder cubrir el déficit.

Con el tiempo, Fernanda percibía que la educación pública se iba sumiendo en un abandono por parte de los sucesivos gobiernos. Sin embargo, no volvió a articularse con los gremios docentes. Optó por impulsar su propia revolución educativa estudiante por estudiante. Los dirigentes magisteriales la recordaron y la saludaron por un tiempo cuando se la encontraban, hasta que su nombre y su imagen se fueron diluyendo. Como si en el tiempo, viajara en un sentido inverso al de la masa en la que alguna vez su hija la vio agigantarse en la distancia.

Más de una década después, Ana estaba sentada a la mesa trabajando en los deberes escolares de sus últimos años de secundaria, cuando Fernanda reparó en que su hija estaba usando un libro que ella no le había comprado. A carencia de muchos de los textos del colegio, Ana y sus hermanas habían estado usando, como material de referencia o para conseguir ilustraciones, los libros que su tía Emilia había rescatado aquella noche de 1979. Ana y sus hermanas habían traicionado a su madre, quien ahora, con justa razón, estaría ofendida. Pero Fernanda no reaccionó con malestar sino que le pidió los libros y los examinó con sincera curiosidad durante días. Como si los estuviese rediseñando, cubría con un trozo de papel algún párrafo o la foto del general que era el jefe de Estado de aquel entonces, cuyos fanáticos habían metido a fuerzas en varios de los textos escolares.

—Vaya —dice finalmente Fernanda—, quitando unas cuantas partes, estos libros no eran malos. ¿Cómo no los conocí antes?

Ana no atinó a responder porque sospechaba que el comentario de su madre era para sí misma. Fernanda le devolvió los libros riendo porque todo ese tiempo en su hogar anti comunista, sus hijas habían estado usando los temibles libros de la reforma.

—Entonces mi madre nunca se los llevó —caviló Fernanda. Me pareció haberla visto viajar a su pueblo con las cajas como había prometido.

A finales del convulso año de la huelga educativa, Ramona descansaba en el portal de su casita en el campo, en ese pequeño pueblo en el que nacieron y murieron sus padres. Después de la desgracia de su viudez, la zozobra de la amenaza comunista y la crisis por la reforma educativa, estaba aprovechando el verano para darle un descanso a sus afectados nervios. Su pueblo natal era uno de esos pueblos olvidados, sin escuelas ni centros de salud, de gentes pobres y en gran parte iletrados.

Ramona se mecía en su hamaca blanca contemplando el transcurrir de los días mientras que sus nietas jugaban a su lado. Una mujer mayor y una más joven con varios niños se pararon un momento frente al portal para saludarla y luego siguieron su camino. Un hombre que pasaba a caballo con un machete al cinto se detuvo a saludarla también. Una señora que vendía números de lotería clandestina se sentó a su lado a ponerla al día de las novedades de la semana. Poco después, un grupo de campesinos pasó con sacos de frijoles en la espalda y, sin levantar la vista, la dedicaron una saloma.

Las niñas observaron que la gente del pueblo quería mucho a su abuela, y todos vestían uniformes mostaza.

Lápices de colores

Como todos los años, la lista de útiles escolares lo requiere con precisión: 1 caja de 24 lápices de colorear marca Colín. La madre de Paula hace caso omiso y suele comprarles una sola caja de 12 lápices de cualquier marca, y ella y su hermana Sonia se la alternan entre los días de la semana. Pero este año, su madre ha conseguido un dinero extra y les ha dado una caja de lápices de colorear a cada una. A Sonia le compraron los anhelados lápices Colín, pero a Paula, tal vez por ser la menor, le compraron una caja de seis lápices de colorear pequeñitos, cuyo nombre desconoce porque está escrito en chino. El dibujo de la cajita es muy lindo, de unos ositos panda en un bosque de bambús, pero los lápices no parecen ser de muy buena calidad porque casi no pintan y cuando Paula intenta hacerles pintar más fuerte se rompe el papel, como acaba de ocurrirle en la clase de dibujo.

—Para no sufrir en esta clase —se dice a sí misma— lo mejor es no mirar alrededor porque lo único que veré serán esos lápices en cajas de 12, de 24 y hasta de 36. Y a esos que les compran las cajas más grandes ni siquiera les gusta colorear. No soporto verles con todos esos lápices y semejante apatía.

La clase ha terminado. Paula entrega su dibujo roto y sale taciturna pensando un poco en qué hacer. Piensa en los Colín, en lo estupendo que pintan y en su caja roja con cuadriculado blanco y esos botones de colores que hipnotizan.

—Sonia no me quiere prestar sus Colín, en este salón a nadie le gusta prestar nada y mi madre no necesita más preocupaciones —continúa cavilando.

Los corredores de la escuela pronto quedan vacíos y Paula los recorre cabizbaja, hasta que cerca de un basurero, se detiene. En el piso ve algo con lo que es común tropezarse todos los días después de clases pero a lo que nunca le había prestado atención: un lápiz de colorear. Paula lo limpia un poco con la basta de la falda y lo guarda en su bolsa y en ese momento cae en cuenta del alto potencial del suelo y de la basura, así que emprende una búsqueda que resulta exitosa: 6 lápices en la primera redada y 4 más al día siguiente. Es una escuela grande y, al parecer, de estudiantes despistados o indolentes. Con tamaños disparejos y hasta cinco colores repetidos, en un par de días Paula ha resuelto su problema. Para el segundo bimestre ya cuenta con 140 lápices de colorear. Todos son Colín. Los lleva orgullosa pero precavida en una bolsa de tela para no correr el riesgo de ser poseída por las rayas y círculos de esas cajas que provocan efectos hipnóticos.

Cada fin de semana, después de limpiarlos y sacarles punta, Paula entra en una habitación en cuya cama yace su anciana abuela que no recuerda el tiempo. La nieta le acomoda una almohada y extiende su bolsa de lápices de colores sobre las sábanas para compartir el botín y la hazaña con su abuela. La anciana sonríe y se deja hacer. Esos coloridos objetos alargados con olor a madera y cera van abriendo un camino hasta tiempos muy lejanos a través de su memoria oscilante y selectiva. Y la anciana se encuentra a sí misma siendo una niña pequeña en el rancho de la cocina de la casa de su infancia. Las chispas del fuego salpican sobre las tusas de maíz seco que están en el suelo cerca del fogón. Aparta las tusas y las observa. Sus padres jamás le han regalado una muñeca, pero su abuela le había contado que con una tusa era posible fabricar una. Entonces la niña derrite la cera de viejas velas y con ese emplasto fabrica un par de brazos y le decora un rostro, le cose trapitos de colores a modo de pollerita y el propio pelo de la mazorca se transforma en una hermosa cabellera. Así hizo su primera muñeca, la segunda, la tercera. A partir de ese día, recorrió las cocinas ajenas recolectando tusas secas.

No es posible prever lo que la abuela recordará u olvidará cada día. Como hoy, que no sabe quién es Paula, pero le agrada mucho haber conocido a esta niña lista que se ha procurado por sí misma la colección más grande de lápices de colores, como aquella otra niña de sus recuerdos, que llegó a fabricarse la colección más grande de muñecas.

Crecí con gallinazos

Los gallinazos completaban la personalidad de nuestras casas a tal punto que, sin ellos, nuestro barrio no habría sido sino una falsificación de sí mismo. Si vivías en una de estas casas cercanas a la bahía, era asunto cotidiano escuchar sus pisadas sobre el techo propio y verles sobre los techos vecinos. Todos los días festinaban con las sobras del muelle y del mercado público. Se zambullían en montículos de desperdicio y después de batirse en alguna rebatiña, salían ataviados con trapos o papeles que se les pegaban al cuerpo.

Así fue como conocimos al mítico Setenta y Siete, un gallinazo que un domingo de finales de verano se nos metió en la casa. Lo vimos entrar de golpe y quiso huir enseguida, pero parecía haber olvidado que entró por la puerta y comenzó a lanzarse contra las persianas en busca de salida. Mis hermanas y yo nos replegamos asustadas contra las paredes. El viento que abanicaba nos hacía sentir la fuerza de su aleteo y no nos animábamos a ayudarle. Parecía tan alarmado como nosotras. Nuestros gritos iban en aumento y si hubiese tenido manos en lugar de alas, se habría tapado los oídos para que le dejáramos pensar. Mi madre intentaba arrearle con una escoba, cuando vio la etiqueta que le colgaba en una pata:

—¿Eso es un número? —preguntó mi madre.

—Doble siete —dijo mi abuela, que desde el sofá contemplaba la algarabía sin inmutarse.

Mi madre por fin logró arrearle hasta la puerta y el animal escapó. Ese domingo, sólo una semana antes de entrar a clases, ganamos con 77 en el sorteo de la lotería. El premio rindió para comprarnos los zapatos, los cuadernos y los libros de segunda. Mi madre hasta compró papel de envolver regalos y nos forró todos los cuadernos iguales; y en la portada, les puso unas etiquetas adhesivas con nuestros nombres. Una veleidad que no acostumbrábamos, pero que satisfacía cierta obsesión del colegio por delimitar el último ápice de propiedad privada. Y, por una vez, estuvimos listas y completas a tiempo para entrar a clases.

Algunos días después vimos al Setenta y Siete armando líos en un techo vecino. Todavía llevaba colgado el número. Por un instante yo tuve la fantasía de agradecerle, de estrecharle la mano o en este caso, la pata. Pero en ese instante la etiqueta se le cayó y el gallinazo que nos trajera el número de la suerte desapareció para siempre entre el resto de los suyos.

En la historia de mi infancia no hay un jardín con mariposas, colibríes y ruiseñores. Yo crecí con gallinazos.

La hija del panadero

Dicen que las gallinas son un animal muy tonto, pero las gallinas del padre de Josephine eran cómplices del progreso. Nunca lanzaban sus cacareos de alarma cuando la chica se escurría en el gallinero a robar huevos de madrugada; como si consintiesen que ella los vendiera para comprar tinta y papel.

Clemente, el padre de Josephine, siempre estuvo empeñado en que ésta abandonase la escuela. Era el panadero mejor cotizado del pueblo, y ella, su ayudante. Juntos pilaban y molían el maíz, él amasaba, ella colocaba la leña, ambos formaban los panes, él los horneaba y juntos atendían a los clientes y hacían las cuentas. Aurora, la madrastra de Josephine se encargaba de los oficios domésticos, que eran muchos porque la panadería se sentaba en el propio hogar, y el portal de aquella casa de ladrillos rojos y tejas de barro estaba lleno de visitantes desde la madrugada hasta pasado el mediodía. Venía gente de pueblos vecinos, y los demás panaderos de la región se preguntaban cuál era el secreto de aquel pan de maíz de Clemente, cuyo auge crecía sin competencia.

La obstinación de Josephine por estudiar se contraponía a los intereses de su padre. A los catorce años de edad había logrado completar el sexto grado, pero le había costado interrumpir y retomar los estudios cuatro veces, huir por temporadas a la casa de una tía que vivía en el otro extremo del pueblo, negociar horas extras de trabajo en la panadería y robar huevos antes de que Aurora pasara revista por el gallinero. Por estos impasses se vio obligada a repetir el primero y el quinto grado. Sus estudios favoritos eran la literatura española y la geografía, tenía una bella caligrafía, era talentosa con la palabra escrita y realizaba largas operaciones matemáticas en el aire. El padre estaba contento porque su hija había culminado por fin la escuela primaria y ahora podría tenerla por completo en la panadería.

Pero Josephine no sólo quería continuar la secundaria, sino convertirse en profesora de lengua y literatura. Hacía tiempo se corría la voz de que en la cabecera de la provincia, a pocos kilómetros del pueblo, estaban construyendo una monumental escuela de educadores que tendría resonancia nacional e internacional y Josephine ya se veía instalada en el dormitorio para señoritas de aquel palacio. Al enterarse de estas nuevas pretensiones, Clemente le advirtió que no autorizaría aquello de ninguna manera y que si proseguía con tal idea, la echaría de la casa. Josephine se ajustó con despecho el delantal y continuó atendiendo a los clientes. Cuando el volumen de pedidos había bajado, Clemente se asomó al portal para medir las señales anímicas en el semblante de la niña. La vio relajada con los últimos visitantes que se quedaban a requerir sus otros servicios. Se había granjeado la fama de escribir unas cartas de amor y desamor infalibles, así como documentos de diversa índole, y eran muchos los que acudían a ella para que les ayudase. Esto no parecía molestar a Clemente porque, al fin y al cabo, eran clientes y la niña los atendía en los ratos libres. Antes de iniciar cada carta, Josephine se quedaba pensativa un momento como poniéndose en trance con la vida de cada solicitante, entonces rellenaba la pluma de tinta y acometía sobre el papel. Con una caligrafía impecable iba despachando cartas a gran velocidad, aunque todos aguardaban su turno con paciencia. Entonces el padre observó algo en lo que antes no había reparado: por cada carta, la muchacha recibía una propina y se la echaba al bolsillo del delantal. Clemente se preguntó por cuánto tiempo su hija había estado haciendo esto, cuánto dinero tenía y dónde lo guardaba. Comenzó a temer que su hija llegase a acumular su propio dinero y la tregua forzada llegara a su fin.

—Sal del cuarto para presentarte a alguien —le dijo Clemente una tarde de junio.

Josephine salió de la habitación y vio a su padre en mitad de la sala acompañado de un viejo comerciante que recién había llegado a establecerse en el pueblo.

—Este caballero va a ser tu esposo —indicó el padre—. Prepara tus cosas en esta maleta porque él vendrá a buscarte mañana por la tarde. Ya todo está arreglado.

El comerciante se aproximó a Josephine con una sonrisa y le entregó una caja grande con un vestido blanco de florecitas azules, un par de zapatos negros de correa y medias de nylon traslucidas. Sobre el vestido había una caja pequeña que contenía un collar de oro con dije de roseta, anillo y zarcillos en juego. Josephine no se mostró sorprendida, sabía que ese sería su destino.

Al día siguiente, mucho antes de que vinieran a buscarla, estuvo lista. Tenía puesto el vestido y los zapatos nuevos, una cinta azul en la cabeza para mantener a raya el voluminoso cabello y prefirió guardarse las joyas en el bolsillo secreto de la falda.

El novio llegó a la hora acordada. Vestía de blanco de pies a cabeza incluyendo el sombrero. Se sacudió los zapatos en la entrada del portal y aunque las puertas estaban de par en par, golpeó ligeramente la madera con el nudillo del dedo índice. Se quitó el sombrero y se aclaraba la garganta para anunciar su llegada, cuando vio a un Clemente descompuesto atravesar la sala con las manos en la cabeza clamando el nombre de su hija, que había desaparecido con todo y maleta.

Josephine iba lejos en un camión de encomiendas con destino a la capital. Al verla llorar, el conductor le preguntó si quería regresar pero ella negó con la cabeza. El camión avanzaba por un raro atardecer violeta y, muy detrás de ellos, en la irreparable distancia que se abría, reventaban en lo alto los fuegos artificiales por la inauguración de la gran Escuela Normal de Santiago. Las lágrimas de Josephine no eran por la familia ni por el pueblo que dejaba atrás, tampoco por el miedo al mundo nuevo al que se aventuraba, sino por la escuela de normalistas que ella jamás pisaría porque ahora su vida viajaba sin regreso en la dirección contraria.

Al año siguiente, había estallado la II Guerra Mundial y Josephine limpiaba por décima vez las mesas de la refresquería de El Griego, en esa pequeña capital convulsa en la que trabajaba como mesera, cuando le llegaron con las noticias de la decadencia del negocio de su padre. Tan solo un par de meses después de su escape, las ventas de la panadería habían comenzado a caer en picada, y para el final de ese mismo año, el pujante negocio de Clemente no era más que un portal desolado con la llegada esporádica de muy pocos fieles. Fue entonces cuando todos comprendieron que la razón por la que tanta gente iba a la panadería nunca fue la receta mágica del pan de maíz, sino las cartas que escribía la hija del panadero.

Rebeldes

Ese lunes Romina se dijo: «No tengo el menor deseo de ir a trabajar. En alguna zona discreta del parque central clavaré la foto de mi jefe en el tronco de un árbol y la orinaré. Si eres mujer toca ingeniártelas para orinar de pie en ángulo recto pero ya lo he practicado y tengo mejor puntería que muchos sujetos. Además, he investigado que mi orine no le hará daño al árbol, tampoco a mi jefe. Después de eso, entraré a la biblioteca pública y me sentaré a escribir frente a los ventanales pero solo me quedaré viendo ese mar de árboles del exterior. Me quedaré pensando en qué pasaría si la gente de la oficina me descubriese y mandasen a una comitiva por mí. No me asustan esas comitivas; he estado antes en el Huerto de los Olivos.»

Cuando Romina se salió del salón de clases en el sexto grado de primaria, se refugió en el campo ulterior y se sentó sobre un montículo a contemplar el humo que salía de la larga chimenea de la fábrica de jabones que quedaba detrás de la escuela. Ahí pasó las primeras dos horas de la mañana contando nubes, gaviotas y hormigas, escuchando el murmullo de las copas de los árboles, confundiendo la tranquilidad con la paz y, otra vez, viajando en el humo de los jabones.

Romina sabía que la fuga era una de las felonías castigadas con mayor severidad en su colegio, pero una fuerza interior le impedía preocuparse por las consecuencias de aquel escape. Se encontraba bien oculta detrás de un seto alto y espeso, pero algún fisgón debió descubrirla y delatarla, porque justo después del receso de media mañana, la maestra encargada de la disciplina y una comitiva de estudiantes del cuerpo de orden venían por ella. En cuanto Romina escuchó el sonido de aquellas pisadas supo que era la guardia pretoriana. Así les llamaba. Aunque no viniesen a prenderla, le chocaba la idea de que unos estudiantes iguales a ella portaran insignias que les conferían facultades sobre el resto.

Los estudiantes del cuerpo de orden y disciplina aún no terminaban de bordear el seto cuando Romina escuchó que voceaban su nombre ordenándole salir, pero no se inmutó en responder. Una parte de su mente le decía que se entregara, pero la otra le decía que aquel era un buen día para desenvainar la espada y batirse sola contra esos cinco.

—¡Tráiganla! —ordenó la maestra de disciplina, temida tanto por su récord en número de capturas como por sus comentarios cáusticos y la forma en la que se inflamaban sus venosos globos oculares antes de cada arresto.

Como sucede en ciertos animales, el lomo de Romina se erizó al escucharla, porque esa orden implicaba que los pretorianos la agarrarían, y ella aceptaría los castigos de la ley escolar, pero no que la tocaran. Como estaba un poco influenciada por las películas de gladiadores, consideró la idea de coger tierra del suelo y lanzarla a los ojos de sus atacantes. Se preguntaba sobre si cometer acto semejante sería o no un golpe bajo, considerando la relación de una contra cinco. En todo caso tampoco parecía práctico; sólo lograría echarles tierra a los dos más próximos y todavía le quedaría resistirse a los otros. Por otro lado, sabía bien que en la escuela era peligroso hacerse fama de salvaje porque aunque le asistiese la razón, si alguna vez necesitase ser defendida, estaría perdida y nadie vendría en su defensa.

La guardia pretoriana bordeó el arbusto y se paró frente a ella. Romina seguía sentada en el montículo cuando los tres primeros se le abalanzaron. Sin pensarlo más, Romina se levantó con dos puñados de tierra para darles la bienvenida. De pronto, el grito de una mujer los paralizó y por unos segundos cada partícula en el aire quedó suspendida. Era la maestra de Romina, que había llegado en carrera desde el segundo piso del último pabellón y se abría paso entre la comitiva blandiendo un documento:

—La estudiante es mi alumna —exclamó—, es del cuadro de honor y está eximida de todos los exámenes.

Eso no se lo esperaban. Una alumna del cuadro de honor protagonizando una felonía de grado mayor y su propia maestra defendiéndola. Sólo por el desconcierto, hicieron un alto y Romina dejó caer la tierra con disimulo. Pero la maestra encargada de la disciplina, que no parecía conforme, hizo una señal de alto con la mano:

—Los exámenes inician la otra semana y aun quienes se eximan deben permanecer en sus salones durante la semana de repaso. Bajo ningún concepto es aceptable que un estudiante esté vagabundeando fuera del aula en horas hábiles.

—No tiene caso —dijo la maestra de Romina obligada a revelar la confidencialidad del documento—, la estudiante fue suspendida por falta de pago, lo que significa que no tiene permitido entrar al salón.

Y diciendo esto se paró junto a su alumna y le pasó un brazo sobre los hombros. En ese instante, Romina sintió que aquel abrazo se le grababa como una huella eterna porque era la primera vez que alguien fuera de su familia le había defendido.

Pero ahora, Romina ya no contaba con su maestra de sexto grado, ni con el certificado del cuadro de honor, ni con una carta de suspensión de clases.

—Está decidido —se dijo con renovadas fuerzas—, ya no pienso trabajar más para ese abusador.

Y emprendió su caminata rumbo al parque con una tachuela y la fotografía de un hombre en el bolsillo.

África

África era el nombre de un hermoso libro que teníamos en el centro del aparador de la sala. Tenía forma cuadrada, de una medida similar a la de las carátulas de los discos de vinilo de larga duración. Era de casi dos pulgadas de grosor, tal vez más por la calidad del papel que por la cantidad de páginas. La tapa era dura de fondo dorado opaco. La imagen de portada era un mapa del continente mágico y primigenio en color verde jade, más oscuro en las zonas montañosas, y estriado en su hidrografía. El índice era una versión de la misma imagen pero con números y marcas de las regiones y rutas ancestrales de los diversos grupos humanos. No contenía imágenes fotográficas sino reproducciones de pinturas, así como dibujos realistas hechos especialmente por los ilustradores. Quien abriese aquel cofre, se embarcaba en un viaje por países y ciudades, puertos, sabanas, desiertos, cataratas, pirámides, mundos perdidos, una montaña en la que caía la nieve y selvas que se izaban por encima de las nubes. El gran libro del África era un tesoro con el secreto de la vida admirado por quienes venían a visitarnos. Era curioso y no poco herético que en una familia tan devota, fuera el África y no la Biblia el libro que ennobleciera aquel recinto.

Era domingo por la mañana y mi madre arqueó la ceja derecha mientras leía la hoja que le entregué con el pedido escolar de la semana: un álbum con ilustraciones de animales salvajes para la clase de ciencias como trabajo final del bimestre. No se aceptaban dibujos, solo figuras. Temí que me amonestase por esperar hasta ese día para pedirle algo tan importante. Pero no me regañó, se limitó a revisar el monedero para comprobar que sólo contábamos con el pasaje de la semana, y al estar cerca del fin de mes, todavía era de esperarse que las últimas tres mañanas antes de que volviese a cobrar su sueldo, tomáramos solo una taza de té por desayuno. No, no era uno de esos días en que mi madre me podía dar un dólar para que yo bajase en busca de ilustraciones al Bazar Latino, en el que me gustaba entretenerme más tiempo del necesario. Era uno de esos días en los que yo aborrecía su obstinación de mantenernos en un colegio tan costoso para nuestra economía familiar.

Mi madre y yo nos miramos como si no quisiéramos pensar la sordidez que estábamos pensando. Sabíamos bien a dónde tendríamos que ir de cacería, pero fue ella a quien correspondió el deshonor de pronunciar las palabras malditas:

—Vamos a tener que recortar el libro de África.

Al oír esto, mi abuela espigó el cuello y se quedó en vilo mirando hacia un horizonte imaginario, porque quien trajo el libro a casa había sido su esposo que había muerto hacía tres años. Cuando él vivía, yo aún no entraba a la escuela, contábamos con lo necesario y el célebre aparador estaba lleno de discos y libros. Pero, tras su partida, mi abuela había tenido que vender las colecciones de discos, revistas y casi todos los libros.

Mi madre puso el gran libro del África sobre la mesa del comedor, que también era la de las tareas escolares. Conmigo a su lado, fue directo al capítulo que ambas conocíamos de memoria. Ahí nos esperaba el gran león africano, que para no dejar dudas aparecía inmenso dándole caza a una gacela. En cuanto hizo el primer corte, las tres sentimos la punta de la tijera entrarnos por un ventrículo. Más adelante, en esquina, de tres cortes sacó al leopardo y, luego de algunas páginas, siguió recortando un cocodrilo y un rinoceronte. La quinta fiera era un gorila que en la otra cara tenía a las cataratas Victoria, y mi madre abrió más la tijera para abarcar bien la figura.

–¡Basta! ¡Basta! –gritó mi abuela, que se abalanzó sobre mi madre para arrancarle el libro.

Mi madre soltó el arma criminal y se cubrió el rostro con las manos. Toda el agua del Zambeze le brotaba por los ojos. Mi abuela con los ojos también anegados, apretaba el África contra su pecho. Yo corrí a esconder las tijeras. Y mi madre no era capaz de levantar la vista.

Al día siguiente entregué el trabajo en la escuela. Le faltaba la ilustración del quinto animal pero como era de mano hábil le dibujé y me esmeré en los textos, con lo que conseguí una calificación aceptable. Sin embargo, cuando volví a la casa no quise tocar el asunto.

La tarde anterior cuando mi abuela recuperó el libro, se secó las lágrimas y se dirigió al aparador con el semblante de quien lleva la urna fúnebre de un ser querido. Lo depositó en la última gaveta. En su lugar anterior expuso una Biblia, un florero de crisantemos artificiales y un cenicero jamás usado. Tal vez no habría sido necesario ocultarlo, quizás los pocos parientes que nos frecuentaban no habrían ojeado el libro o, en todo caso, los recortes no habrían sido advertidos entre tantas páginas intactas, pero estábamos convencidas de que habíamos cometido un crimen del que teníamos que borrar toda evidencia, todo recuerdo de la vergüenza inconfesada que nos unía.

Matemática aplicada

Zócalo, México D.F.

Estaba por terminar mi especialización en matemáticas aplicadas, con lo cual me sentía apta en la utilización de las matemáticas en el análisis de cualquier aspecto de la vida social. En ese pensamiento gratificante me regodeaba, cuando la anciana de trenzas plateadas a la que cada sábado solía comprarle la mazorca picante en aquella esquina, decidió hablarme por primera vez.

—¿Tons qué güera? ¿Te vas conmigo para mi pueblo en Toluca? —me preguntó la anciana, como si adivinara que mis días allí estaban contados.

Me halagó el ofrecimiento y me lamenté internamente por no haberme fijado en esta señora nunca antes, pero tardé un poco en responder porque me encontraba atragantada en la mitad del gusto de la mazorca.

—Sería bueno, paisana. ¿Tienen muchos tipos de maíz en tu pueblo? —le respondí como para entrar en un tema de interés común.

—Bueno, ya menos que antes —dijo la anciana adquiriendo una nota triste—. Las gentes allá están un poco desanimadas. Dicen que es por culpa del tratado comercial que de tantos maíces que sacábamos, ahora nomás nos quedan cinco: el blanco, el negro y el amarillo –indicó levantando tres dedos de la mano derecha.

Me quedé esperando a que mencionara los otros dos tipos de maíz, pero la vendedora bajó la mano y se quedó pensativa. Me di cuenta de que la pobre mujer no sabía contar, pero para no humillarla, la corregí con disimulo:

–Qué triste que solo les queden esos tres maíces, paisana.

–No, güera –me corrigió la anciana levantando otra vez la mano–, te digo que nos quedan cinco maíces. Lo que pasa es que a mí solo me quedan estos tres dedos.

La lámpara de Serafina

Estoy haciendo una tarea escolar de inglés en la mesa del comedor junto a la cocina. Se trata de la biografía de un filósofo y matemático inglés, que cuando era un muchacho, escribía en griego sus pensamientos más sombríos para que su familia no pudiera entender y pensaran que se trataba de alguna tarea escolar.

Mi abuela, que heredó el andar sigiloso de su madre, se me acerca por la espalda. Apenas he percibido su presencia cuando ya ha tomado mi cuaderno y, aunque no sabe inglés, ojea varias páginas con suspicacia como si buscara indicios de algo, pero parece que encuentra todo en orden.

—Tienes la letra bonita —dice, y se me queda viendo fijo como si escudriñase aún en mi mirada lo que no halló en el papel.

Sus ojos son claros, pero en el túnel oscuro de sus pupilas veo un punto de luz que comienza a crecer, una llama temblorosa viene acercándose. Es la lámpara de queroseno de mi bisabuela Serafina que se ha levantado en la noche. Camina hacia mi abuela que apenas es una niña de nueve años y está sentada a la mesa, cerca del fogón, escribiendo a la luz de una vela. Mi bisabuela Serafina se le arrima por la espalda con sigilo:

—¿Y qué tanto escribe la hija que no viene a acostarse?

—Tareas, mamá. El maestro nos dejó muchas tareas —responde mi abuela niña.

Serafina acerca la lámpara para ver mejor lo que escribe su hija y, con una palmadita en la espalda, la felicita por ser tan aplicada en el estudio. Pero Serafina no sabe leer y no se da cuenta de que su hija está escribiendo las mismas líneas una y otra vez: «No debo hacer maldades a mis compañeros». Quinientas líneas de castigo y apenas lleva doscientas. Está acostumbrada, todo el tiempo hace diabluras en la escuela y la castigan con planas.

En esa ocasión la travesura fue agazaparse en el aula y mientras los demás jugaban en el patio durante el receso, ella movió todos los morrales de sus puestos. Cuando regresaron al salón, encontraron en sus pupitres las pertenencias ajenas. Nadie sabía quién tenía sus cosas y se formó una gran algarabía en la búsqueda. Mi abuela se había asegurado de mover también su propia bolsa y fingir la misma consternación que el resto, pero tras una investigación minuciosa, terminaron por desenmascararla.

A la luz de las velas continúa con su plana de castigo. No lo sufre del todo. Tiene un poco de sueño pero le gusta escribir planas y en esa inercia dar rienda suelta a la mente, sin contar el goce que su travesura del día le ha proporcionado.

Por fin me devuelve el cuaderno y la lámpara de sus pupilas vuelve a alejarse hasta desaparecer.

—Yo también tenía una letra muy bonita —dice pensativa, como si hablara para sí misma. Y nos quedamos calladas porque ambas sabemos que los caminos de la tinta son inescrutables [1].

[1]N. del E.: «[...] e inescrutables son sus caminos», Romanos 11:33

80 años

Han vivido juntas toda la vida. Por lo general Dolores se levanta antes que su hija, pero esta mañana Remedios abrió los ojos antes que la anciana. Se quedó observando la losa del techo en la penumbra que iniciaba su retirada. De pronto, se levantó resuelta y fue directo a la cocina. Sacó la última raja de canela que guardaba en un frasco de vidrio y la dejó caer en una pequeña olla de agua sobre la lumbre. Pero poco antes de que hirviese, la llama de la estufa se apagó. Remedios acostó el tanque de gas y cuidadosamente comenzó a mecerlo con el pie hasta que la llama encendió otra vez. Cuando el agua estuvo rosada y el vapor impregnado de canela se hubo esparcido por la estancia, sirvió una taza para su madre y otra para ella.

—Bien sabes que no bebo té —replicó la anciana torciendo la boca mientras se acomodaba en su butaca desvaída en medio de la sala, cuya separación de la recámara era abstracta.

No había café, pero Dolores prefería tomar agua antes que un té de color rosado. Remedios no respondió, se sentó silenciosa en uno de los sofás desvencijados con su taza. Su madre, por encima del hombro, le echó una mirada a la desolación de la estufa, y se sacó un envoltorio del bolsillo: una tortilla con un pedazo de chicharrón de quién sabe cuándo. Sin mucho afán lo mostró a su hija en señal de invitación. Remedios pudo responderle de vuelta con un «bien sabes que no como chicharrón», pero se limitó a negar con la cabeza y se escondió en el humo de su taza. De cualquier modo, Dolores ya se lo estaba comiendo. Le faltaban varias piezas dentales del lado izquierdo pero se las arreglaba bien con el derecho. Mientras desayunaban, la una lo líquido y la otra lo sólido, conversaron sobre el posible origen de un sonido proveniente de la calle y de las pocas probabilidades de lluvia para ese día, aunque ninguna de las dos se disponía a salir.

Un poco después, Remedios se duchó e hizo una trenza con sus abundantes cabellos negros y grises. Le habría gustado hacerle una al cabello blanco de su madre, pero ésta usaba el cabello muy corto desde hacía más de una década y no le daba para ningún tipo de peinado. Dolores era la única mujer que se atendía en la barbería del mercado, siempre llena de tipos malhablados y revistas pornográficas, entre los que se sentaba grave a esperar su turno:

—Péleme como guardia —le ordenaba al barbero, una vez llegado su turno en la silla, y salía casi al rape y muy satisfecha porque según ella esto representaba un importante ahorro de tiempo y dinero.

Aun así, Remedios le pasó el cepillo, un detalle que no solía tener con su madre y que ésta por lo regular no habría consentido. Sin embargo, ese día se aceptaron. Entonces, Remedios recordó que hacía pocos meses en el brindis de su jubilación en la escuela, las otras maestras le habían regalado un pequeño estuche de artículos de belleza. Fue por su viejo maletín de trabajo, que tres meses después de su retiro aún permanecía sin deshacer en el ropero. Sacó el estuche de belleza y se lo entregó a su madre.

—¿Y esto para qué puede servirme? —preguntó Dolores desconcertada, al tiempo que se lo devolvía a su hija.

A Remedios tampoco le provocaba gran entusiasmo el obsequio pero volvió a revisar el contenido del estuche en busca de algún artículo de interés. En el fondo encontró una lima y un esmalte moderno y los mostró con picardía a la anciana. Eso sí entusiasmaba a Dolores, que le pintaran las uñas. Y el resto de la mañana estuvo contemplando con satisfacción sus uñas azules. Era casi mediodía cuando Remedios abrió la Biblia y se puso a leer en voz alta.

—Efesios 6 —entonó—. Hijos, sed obedientes con vuestros padres en unión con el Señor porque esto es justo... y ustedes padres no irritéis a vuestros hijos...

Dolores torció la boca. Sabía que todo lo que Remedios leía de la Biblia, solía ser usado en su contra.

—Ahora estamos protegidas —dijo Remedios al terminar, con un dramatismo tan habitual que carecía ya de drama.

Dolores volvió a mirar hacia la estufa y torció la boca por tercera vez. La hija pretendió no verla, pero se levantó enseguida, machacó unos ajos, arrancó unas greñas de culantro del macetero, abrió un paquete de camaroncitos secos, y con un poco más de mecidas al tanque de gas, en poco tiempo estuvo la sopa.

—Lástima que no hay ñame —dijo Dolores sorbiendo la primera cucharada.

No discutieron en absoluto ese día. Pasaron las horas entre siestas intermitentes, recuerdos aislados y prolongados silencios. El sol comenzaba ya a ocultarse cuando Dolores volvió a pasar revista con los ojos: la mesa vacía, los estantes vacíos, la estufa vacía.

—¡Ay, mija —exclamó ya resignada—, qué cumpleaños tan peluncho!

La estrella de la mañana

No tuve que devanarme los sesos para decidir que la única persona en casa a quien podría contárselo sin que me estrangulara sería a mi abuela. El único detalle era lo del pañuelo. Desde que inicié la secundaria había comenzado a experimentar una especie de vergüenza de que me vieran con ella. Nunca se quitaba el pañuelo de la cabeza. Era imposible ver su cabello, aunque no imaginarlo; bastaba con ver a mi padre, a mis tías, a mis bisabuelos y en parte también a mí. Y no es que yo no adorase a mi abuela más que a otra persona sobre la tierra, pero en honor a la verdad, me apocaba cuando la gente se nos quedaba viendo con descaro, en particular cuando ella llevaba el pañuelo a modo de turbante. Pero dadas las circunstancias, aquel sería el mal menor. Así que le entregué la citación y sin necesidad de explicaciones se presentó en el colegio con su turbante amarillo cadmio a dar la cara por mí ante el subdirector. Desde luego que no sería su cara más sincera, sino aquella con la que aparentaba darle razón a las autoridades con las que no llevaba las de ganar o no valía la pena una guerra.

—El lunes de esta semana —inició por señalar el subdirector—, la alumna traía el cabello recogido con un gancho de color blanco, y el reglamento del uniforme indica claramente que solo podrán llevar ganchos negros o marrones. Además de esto, le tomamos la medida de la falda y pudimos detectar que la tenía dos centímetros más corta de lo que está establecido.

Mi abuela miró la basta de la falda que ella misma me había cosido al inicio del año anterior y debió esconder su satisfacción de descubrir que por fin yo estaba ganando estatura.

—¿Qué significa este comportamiento, Octavia? ¡Esta conducta es inadmisible! —me reprochó con ensayada severidad.

Dejé caer la cabeza hacia adelante para ocultar la risa que me provocaba su reprobación fingida y escucharle pronunciar mi nombre de pila, esa palabra tan ajena con la que ella solo me nombraría para poner distancia entre nosotras y un tercero. Porque cuando estábamos a solas, mi abuela me llamaba por uno de los nombres del Faraón, un nombre que también figura entre las letanías de la Virgen María y que aparece muchas veces en la Biblia para bien y para mal. Pero mi abuela no profesaba ningún tipo de cristianismo sino una religión extraña que no le habían permitido enseñarme.

Su entrevista con el subdirector fue convincente, pero no bastó porque en el caso había un agravante: Cuando la estudiante del cuerpo de orden y disciplina que vigilaba las escaleras de entrada de los segundos años, descubrió que yo llevaba el cabello recogido con un gancho blanco, sonó el silbato y me hizo señal de detenerme. Pero, en lugar de obedecer, ignoré la orden y seguí de largo con presteza. Entonces ella abandonó su puesto de vigilancia y emprendió mi captura. Al verla con el rabillo del ojo, seguí hacia los terceros años para confundirla, aceleré el paso, evitando perder los estribos y aproveché mi corta estatura para sumergirme en el gentío. Fuera de su vista hice cambio de dirección dos veces y en un giro escurridizo logré entrar en mi salón de clases.

Por esos días me aseguré de no tomar ningún puesto en la fila de la ventana ni en las del medio en las que pudiese verme al pasar, sino contra la pared, fuera del ángulo que abarcaría un vistazo rápido desde la puerta. Pero esta muchacha parecía tener la convicción del Javert de Los Miserables y es posible que no haya comido ni dormido en 3 días pensando en darme caza; un tiempo de tortura interminable para los laberintos de la adolescencia en los que 3 días son como 30 años. Después de varias jornadas de vistazos rápidos desde las puertas de las aulas, se tomó la misión de interrumpir la primera hora de clase de cada grupo de segundo y tercero para pasar revista. Una prerrogativa insólita dada a los estudiantes del cuerpo de orden y disciplina en los casos de búsqueda de prófugos, por lo cual, muy pocos profesores se habrían resistido a una orden de cateo. Cuando la Javert despuntó por la puerta de mi salón, me hundí en la silla cubriéndome tras el cuerpo de un grandote y mi cazadora no pudo verme. Salió del aula, pero, al igual que sucede en las películas, cuando ya estaba afuera decidió asomarse de golpe una vez más y entonces lanzó el grito:

—¡Ahí está! ¡Es ella!

Mi profesora de Español, quien recibió el alarido directo, se masajeó la oreja con una expresión de malestar, posiblemente porque yo era una alumna destacada en su clase y no era el tipo de estudiante hacia quien ella esperaría una persecución disciplinaria.

—¿Está segura de que es ella? —inquirió mi profesora, quien me pidió decir mi nombre en voz alta con la esperanza de que se tratase de un error.

—¡Muy segura! —dijo Javert mientras anotaba mi nombre con rapidez y aire plenipotenciario en una boleta de castigo que ya traía autorizada por la subdirección, como un cheque en blanco.

Me entregó la boleta y se retiró con una gran sonrisa rumbo a la oficina principal, y a los pocos minutos, la secretaria del subdirector traía la citación para mi acudiente.

Mi abuela no se esperaba lo del agravante, pero tampoco lo tomó en mi contra. Era ella quien me había peinado cada día desde que nací y durante toda la escuela primaria. Conocía cada hebra de mi cabello crespo y esponjoso. Supuso que se me había vuelto a romper o extraviar el gancho negro y que si aquel día hubiese dejado que la estudiante de orden y disciplina me quitara el gancho blanco de la cabeza, el cabello se me hubiese levantado por los aires como un gran arbusto y todos se habrían burlado de mí, como aquella vez en la primaria, cuando me rodearon y me siguieron por todo el pasillo llamándome bruja. Mi abuela lo sabía. Otra vez yo habría quedado a la merced de unos aldeanos que vendrían con antorchas a atraparme en una cacería de la que yo había logrado escapar sin alisarme el cabello ni cortármelo al ras como habían tenido que hacer tantas de las que compartían conmigo el estigma del cabello crespo.

—Y, ¿cuánto tendremos que pagar por esta boleta? —suspiró mi abuela.

—No es en dinero —le explicó el subdirector—. El otro viernes que es la tarde libre, la alumna deberá venir al colegio como castigo. Es una tarde de estudio junto a los demás sancionados de este período, bajo la supervisión del profesor de ciencias, que es el encargado de la comisión de disciplina.

Durante la tarde del castigo no había receso. No se podía salir al baño ni a la fuente de agua, pero se podía leer lo que cada quien eligiera, siempre que fuese un material escolar, y de vez en cuando estirar la columna sin levantarse del asiento. Yo llevé el libro de literatura y me adelanté varios capítulos al que íbamos en clases. Tuve tiempo de sobra para descubrir a Vallejo y sentirlo más que apropiado: «Hay golpes en la vida tan fuertes... ¡Yo no sé! Golpes como del odio de Dios...», y cuando levanté la vista me encontré con la mirada inflexible del portentoso profesor de ciencias que nos observaba desde lo alto de su púlpito. Me hubiese gustado explicarle que yo no soy la sinvergüenza que los hechos parecen sentenciar, que ha sido una trampa del destino, que mis circunstancias lo torcieron todo, pero sentí que nos miraba con desprecio, y volví a mi libro, a repasar autores y autoras por el resto de la tarde entre todos esos penitentes silenciosos con los que pensé que habría preguntas como ¿cuál fue tu crimen? y ¿cuál fue el tuyo?, y que en algún momento diríamos lo que se suele decir en estos casos: estoy aquí por una equivocación, soy inocente. Pero hablar con los demás o siquiera quedarse viendo hacia los lados o hacia la ventana no estaba permitido. Solo quedaba hundirse en el libro y mirar al profesor cada tanto o al reloj en la pared detrás de él, y flotar en los minutos, en las horas y otra vez Vallejo: «Y el hombre... Pobre... ¡pobre! Vuelve los ojos, como cuando por sobre el hombro nos llama una palmada», y en ese momento, sobre mi hombro, me llamó la palmada del profesor, porque no escuché el timbre ni la retirada del grupo, ni escuché cuando me decían que ya podía irme y el preclaro tuvo que bajar de su solio a decirme que finalmente había terminado el castigo.

Al llegar a casa, mi abuela me estaba esperando en su viejo sofá de tapizado rojo, que ya no era de un rojo vivo, sino de un rojo acabado. Por primera vez en mis 13 años la vi sin pañuelo y sin turbante, con sus cabellos crespos, muy crespos y espesos que se levantaban como un arbusto incontenible. Me extendió los brazos invitándome a sentarme en sus piernas, a fingir que me acunaba y cuando se aseguró de que yo estuviese mirando lejos y ella también, volvió a llamarme por ese otro nombre de los faraones con el cual me hacía saber que ella siempre estaría de mi lado, que entre nosotras jamás harían falta explicaciones y que yo ocupaba el lugar favorito en su universo.

—Tú eres —dijo—, La Estrella de la Mañana.

Y yo lloraba por dentro.

Cometa Halley

A finales del verano de 1986, mi hermano Pacho de 14 años me subió en sus hombros para que yo pudiera estar un poco más cerca del cielo, y aquella madrugada contemplamos juntos el paso del maravilloso cometa Halley, que le da la vuelta al sol cada 76 años.

De vuelta a clases, el profesor de Geografía de mi hermano preguntó si alguien tenía algún familiar vivo que hubiese visto el cometa en su paso anterior. Mi hermano levantó la mano:

—Sí, mi bisabuelo, cuando tenía 10 años.

El profesor atravesó el aula, se paró junto a mi hermano a punto de condecorarlo y dijo a la clase:

—Vean esto, tenemos aquí un caso extraordinario: el bisabuelo de este joven ha logrado ver el cometa dos veces.

—No, profesor, solo una vez —dijo mi hermano.

—Pero, ¿cómo? ¿No me dice que está vivo?

—Sí, pero ahora está ciego.

El profesor reprendió a mi hermano por tomar en broma algo tan serio. Pero nunca hubo algo tan solemne como esa última vacación en la que mi hermano tomó la mano de mi abuelo Pedro El Ciego y, llevándole la punta de los dedos por el aire, le describió en detalle la alineación de las estrellas y el infranqueable paso del cometa, mientras Pedro Guevara abría al cielo sus ojos blancos buscando esas millones de luciérnagas en su oscuridad infinita.

Alma mater

¡A cuántas cosas el hombre se apega
en el curso de su vida!
Y, sin embargo, su largo gemido,
se apega siempre a su primera morada.
–Abu-Tamman. Siglo IX

Llegué a primer grado la segunda semana de clases porque no me habían conseguido a tiempo los zapatos adecuados. Mi madre me envió de la mano de mi hermano, que estaba en primero de secundaria en la misma escuela. Era un colegio privado de varias décadas de existencia que en ese momento se encontraba en remodelación porque se había producido un estallido demográfico en su matrícula. Recién se había derogado la reforma educativa en el país y una sombra de desahucio parecía esparcirse sobre las escuelas públicas. Muchas familias, como la mía, más allá de sus capacidades económicas, habían movido a sus hijos a colegios privados donde se pensaba que podrían estar a salvo del atraso, la precariedad y hasta del fantasma del comunismo en la educación pública que tanta aprensión había despertado durante el conflicto por la reforma.

Al principio yo no quería estudiar en este colegio. Esperaba que me pusieran en la pequeña escuela pública que quedaba frente al malecón muy cerca de casa, en la que mi hermano había cursado sus estudios primarios y desde cuya azotea era posible atisbar a mi abuela cocinando. Pero después vi que el colegio al que llegué tenía un zoológico, muchos árboles y una piscina, y detrás había una comunidad de pescadores y una fábrica de jabones con una chimenea larga. Se me hizo imposible rechazarle.

Mi madre nos ponía muy temprano en el autobús público para poder abordar a tiempo el suyo hacia la escuela rural en la que era maestra. Una mañana estábamos contentos porque vino en el mismo bus con nosotros. Dijo que iba a trabajar en nuestro colegio porque estaban interesados en ella, pero cuando salió de la oficina de la directora, lucía decepcionada. Le ofrecían un pago menor al que recibía en la escuela pública, que ya era poco. Así que rechazó la oferta y siguió despidiéndonos cada madrugada mientras ella partía en dirección opuesta, fuera de la ciudad.

Cuando llegábamos al colegio, solo estaba el centinela que, armado con una linterna y todavía abrigado con una chompa, daba una caminata larga para entreabrir el portón para que entráramos y volvía a cerrarlo hasta que aclarase el día. Nunca nos preguntó por qué llegábamos dos horas antes y además nos quedábamos ahí las dos horas del mediodía.

Pasábamos mucho tiempo a solas en la escuela sin la presencia de los otros y, así, cada día estaba compuesto de dos días: uno de soledades y otro de multitudes. La brisa de la noche, los últimos astros de la alborada, el siseo de los árboles, el olor que emana de las flores desnudas cuando nadie las está viendo y las voces secretas de los animales formaban un mundo vibrante que se escondía por completo en cuanto asomaba por la esquina el primer autobús escolar.

El zoológico tenía primates, felinos, rumiantes, roedores, aves y reptiles. En una jaula doble de barrotes gruesos había un tigre fulgurante al que durante doce años le vi dar vueltas y vueltas sin rendirse en busca de una salida. Me le quedaba viendo y a veces él llegaba a mirarme a mí, y en ese vernos a los ojos yo descubría una especie de respeto por su naturaleza, y por momentos, imaginaba que era yo quien estaba tras los barrotes de la jaula mientras que él huía por el campo de juego.

Había tres aviarios portentosos. El primero y el segundo eran de guacamayas, loros y tucanes. El tercero, más grande y apartado, era un mundo habitado por gansos, pavos, faisanes y un pavo real. Allí los árboles eran oblongos, de ramas finas y poco follaje y en sus copas vivían unos pájaros que no se dejaban ver y que sólo por una hora al amanecer, entonaban sus enigmáticos cantos. Con el tiempo llegué a reproducir sus voces, a repetir día tras día sus raras palabras, hasta que ellos comenzaron a responderme y fue así como aprendí a hablar pájaro.

También aprendí a correr sin testigos por un campo de cinco hectáreas de punta a punta. Por eso a las 7 de la mañana, cuando mis compañeros llegaban impecables, yo estaba ya colorada y sudorosa y me ganaba regaños. Pero gracias a ese afán, el día del deporte me colgaron en el cuello la medalla de bronce y me dejaron tomar doble ración de refresco y bizcocho.

Una vez pidieron a todos los alumnos de quinto grado redactar una composición sobre el futuro del país. Todavía no sé lo que es el futuro del país, pero algo escribí entonces y a alguien debió gustarle porque a los pocos días vinieron a decirle a mi maestra que me dejara bajar al brindis porque había ganado el segundo lugar del concurso de redacción, y yo ni siquiera sabía que estaba concursando. La maestra me llamó al frente y se me quedó viendo con el ceño fruncido. «Tal vez no me considera merecedora de este premio», pensé, pero enseguida me sacó de dudas cuando se dirigió al grupo:

—¿Alguien tiene una peinilla que le preste a su compañera?

Una niña corrió al frente con un cepillo con el que me acomodó el cabello y la maestra me ayudó con prisa a sacudirme la camisa y enderezarme la falda. En el vestíbulo de la planta baja había un brindis de verdad con invitados especiales y una mesa de premios esperándonos. Al que se ganó el primer lugar, el Club de Padres de Familia le regaló una colección de libros de cuentos clásicos, y estuve un poco envidiosa al principio, pero después concluí que yo tuve mejor suerte porque a mí me dieron un libro del espacio sideral y otro de fenómenos atmosféricos, en lugar de esos viejos cuentos que ya todos nos sabíamos. También concluí que hizo bien mi maestra con lo de la peinilla porque al final nos pusieron juntos a todos los galardonados y nos tomaron una foto. Cuando regresé al salón, mi maestra estaba esperándome cerca de la puerta y entonces ocurrió algo que nunca me había sucedido: todos comenzaron a aplaudirme, y yo no sabía para dónde mirar ni qué hacer con ese aplauso.

Ese día sentí como si me hubiesen celebrado una fiesta de cumpleaños.

* * *

Todo fue arrasado. El barrio de pequeños chalets y la comunidad de pescadores aledaños a nuestro colegio han sido desplazados por emporios de cristal. A los árboles del colegio ya no los mueve el viento porque quedaron cercados por los rascacielos. Era cuestión de tiempo. Hace poco, más de treinta mil personas recibimos un aviso: «van a demoler la escuela». Los dueños del colegio vendieron la propiedad y compraron una más grande en otro sitio. Me enteré muy tarde y cuando llegué a la ciudad ya habían pasado las conmemoraciones, las fotos, los brindis y las despedidas.

Apenas he llegado a tiempo para la demolición. Pero la escuela está desierta. Nadie vino a acompañarla en el día de su muerte. Los operadores de las máquinas, una pareja de ancianos que se ha detenido a observar y yo somos los únicos testigos de la caída de la colmena vacía.

Me aferro a la alambrada frente al edificio de la primaria para contemplar el evento. Hace 30 años que salí de aquí pero la imagen permanece intacta, como si el tiempo se hubiese detenido donde lo dejé el último día de clases. La chiquillada corriendo y empujando desaforada y las maestras intentando contenerles. Trato de seguirles con la vista, pero en ese instante, el primer mazazo demoledor arremete contra el pabellón del jardín de infancia. Estalla un crujido hondo y escucho como si las paredes lanzaran un grito agudo. Es el grito del alma mater.

Permanezco ahí todas las horas que dura el exterminio. Al final del día, las maquinarias se apagan y los últimos rayos de sol desaparecen entre el humo de los escombros. Todo ha sido reducido a piedras y polvo. Entonces me atrevo a trasponer la entrada y camino con cuidado sobre las ruinas; sin embargo, me atrapa la sensación de estar cometiendo un sacrilegio por pisar los restos de mi escuela.

Cuando estoy por marcharme, los operadores de la grúas me dicen que no me aflija porque el colegio se ha mudado a otro sitio más grande. Piensan que lo que busco se trata de hectáreas y nombres. No comprenden que el lugar donde edifiqué mi silencio y mi palabra ya no existe.

* * *

Veinte kilómetros al norte, encontré la nueva sede. No se ve el humo de una chimenea de jabones, ni una comunidad de pescadores le cubre las espaldas. Está bordeada por un bosque y tiene muchos más árboles que la anterior. Ya no hay zoológico, pero a medida que me adentro, escucho voces de pájaros a los que no puedo entender y temo haber perdido algo que sabía. Comprendo que soy una extranjera, pero solo porque no me conocen.

Me paro frente al edificio de la nueva primaria. En lo alto ondea la bandera. Alguien me ha señalado que en aquella ventanita está la oficina de la dirección y me da la noticia de que mi maestra de primer grado ahora es la directora. La mujer que con su voz me reveló cada fonema y que con su mano condujo la mía para enseñarme a escribir. Trato de imaginarme a aquella joven maestra 30 años después y qué le diría ahora si la viera. En ese momento suena el timbre y en un impulso de vergüenza mi primera intención es ocultarme, pero la muchachada no me está prestando atención y me quedo tranquila. Están entretenidos en sus cosas. Corren hacia los columpios y los autobuses; uno le pega a otro y sale huyendo; otro se amarra los cordones y se le caen los chécheres; otra se está comiendo un dulce escondida y una amiguita que la descubre se acerca a pedirle; y una niña surca a toda velocidad el campo de juego hasta perderse en el horizonte transformada en un tigre que después de muchos años ha encontrado una salida.

Había pensado entrar a preguntar cualquier cosa para saber cómo es el nuevo plantel por dentro pero no lo hago. A mi vieja alma mater me la llevo dentro de mí y la nueva escuela está en las mejores manos.

La democracia misma

Mi abuela disfruta como nadie los días de las elecciones y aguarda paciente los cinco años que le toma volver a sentir aquella euforia. Hoy es ese día, y a primera hora de la mañana, se pone el vestido blanco de lunares negros con cuello de encajes y se me engancha del brazo. Al igual que en los últimos sufragios, yo soy su mano derecha. Nos paramos frente a la entrada de la Escuela República de México en la que nos corresponde votar y suspiramos al ver el gentío. Era de esperarse. Con cuatro candidatos a presidente y una campaña tan reñida, los partidos políticos no han escatimado en propaganda, fiestas, ni número de lugartenientes.

Le pregunto a mi abuela si está lista y ella asiente con ojos brillantes y sonrisa giocondina. Con una mano temblorosa se aferra a mi brazo y con la otra insiste en llevar una banderita nacional que me hizo comprarle la semana pasada. La ayudo a poner un pie en el primer peldaño del portón y enseguida nos vemos rodeadas por delegados de todos los partidos políticos que se pelean por ayudar a la anciana y, de paso, o principalmente, pedirnos el voto.

—¡La cédula, señora! —nos dice uno.

No me agrada el procedimiento pero, para facilitar el trámite, le extiendo la cédula de ambas y el sujeto corre a verificar con una mujer que está con un listado junto a la puerta.

—¡Mesa 1037 y mesa 1038! —responde la voz femenina.

—¡El palomar! —exclaman a coro los que nos rodean y señalan hacia el último piso.

Es muy arriba y no hay ascensor. Al oír esto, a mi abuela se le acelera el temblor de las piernas, los brazos y las manos, evidentemente nerviosa con la noticia.

—Espérese, joven, no se preocupe —me dicen; y tras un leve revuelo regresan en volandas con una silla de ruedas.

En lo que la acomodan, se acerca un legislador famoso por escándalos de corrupción y, antes de que nos demos cuenta, sus seguidores le hacen una foto abrazando a mi abuela. Sin conocernos ni pedir permiso, la aprieta como si fuese el más querido de sus nietos. Mi abuela, hay que admitirlo, es una anciana llamativa. Tiene hermosos rizos plateados y con gran esfuerzo agita la banderita. Intento apartarnos para que nos dejen avanzar pero una mujer rubia con un vestuario algo estrafalario para la ocasión también se acerca a hacerse una foto con mi abuela. Otra nieta, pienso. Mi abuela sonríe y emite algunos balbuceos incomprensibles.

—¿Qué dice la señora? —me pregunta la mujer.

—Dice que usted es muy bonita —respondo. Mi abuela asiente, corroborando que mi traducción es correcta.

La mujer sonríe, le hace señas a alguien y de inmediato le ponen un regalo en las piernas a mi abuela. Más fotos.

La voy llevando en la silla de ruedas cuando unos hombres con chalecos de distintos colores me dicen que ellos se harán cargo. Después de calcular algunas maniobras, le ponen una banda para ajustarla al asiento y cuatro de ellos se agachan a sus lados y levantan la silla como si la cargasen en un trono. Miro a mi abuela y me pregunto si esto no será demasiado. El legislador toca una punta de la silla como si también estuviese ayudando a cargar, hasta que los suyos terminan con las fotos y el sujeto por fin se aparta. El séquito avanza delante de mí con mi abuela en andas rumbo a las escaleras. Reparo en sus chalecos, cada uno de un partido político distinto. Desde esta perspectiva, mi abuela encarna a la democracia misma.

Un funcionario electoral nos va abriendo paso expedito entre la aglomeración. La gente se va apartando y se quedan viendo a la anciana que ahora ha levantado la bandera que lleva en la mano. En una respuesta espontánea, la gente comienza a aplaudirla y los que están en los pisos de arriba esperando para votar, se asoman a los balcones y el aplauso se va extendiendo porque mi abuela ha descubierto que entre más agita la bandera, más le aplauden.

Cuando llegamos a la escalera, el delegado electoral comienza a dar instrucciones para que el gentío que hace fila a lo largo de las escaleras nos abra paso. El ascenso no es sencillo, pero los delegados partidistas y los delegados electorales, en una especie de protocolo improvisado, se van turnando para llevar a mi abuela en andas hasta el palomar. Cada cierto número de escalones mi abuela lanza un quejido. ¡Con cuidado, con cuidado!, responden ellos como para convencerse a sí mismos.

Después de seis tramos de escalera, llegamos al rellano del tercer piso, y advertimos que hay cámaras de televisión. Son las diez de la mañana, la hora del *prime time* electoral y un anterior presidente de la república acaba de votar en la mesa que le toca votar a mi abuela. Alguien le habla al oído al ex mandatario y éste camina hacia mi abuela con gran ceremonia, le estrecha la mano y se inclina un poco en un ligero abrazo para la fotografía. Otro nieto advenedizo. Mi abuela se deja divertida.

Retirados los guardaespaldas que me habían apartado momentáneamente de mi abuela, los funcionarios electorales me permiten llevarla en la silla de ruedas hasta el cubículo y ayudarle a ejercer el voto.

Cuando terminamos nuestros negocios en el palomar, otra vez la levantan en el trono escalera abajo y se repite la dinámica del paso expedito, los cambios de turno entre el séquito, los quejidos cada 10 escalones, la anciana agitando la bandera y los vítores de la comunidad.

En el portón de salida, después de devolver la silla de ruedas, alguien ofrece llevarnos a casa en uno de los vehículos del legislador. Vivimos a dos cuadras y con una anciana temblorosa arrastrando los pies podría ser algo demorado, pero mi abuela niega con la cabeza y rechazamos el ofrecimiento. Ella se vuelve a enganchar de mi brazo, encorvada y temblorosa y nos vamos alejando de la escena con dificultad. La miro de reojo y compruebo que va sonriendo.

A cierta distancia, nos detenemos. Echamos una mirada hacia atrás y hacia los lados.

—¿Ya los perdimos de vista? —me pregunta ella con su voz grave y firme.

—Sí abuela, ya puedes caminar bien.

Entonces ella se endereza y aceleramos el paso.

Águilas

Mi madre mantenía una tarjetita pegada en el espejo de la cómoda. En ella se leía un mensaje que alguna vez aprendí de memoria pero que ahora recuerdo de manera fragmentada: «Ser institutor es reverdecer sin aprehensiones la majestuosa potestad humana... volar hacia las cimas con la recia altivez de las águilas... y defender la libertad sin las estratificaciones del miedo». Estaba firmada como «Recuerdo de los Aguiluchos del...», y no puedo recordar el año. En el segundo plano, en sello de agua, se veía la imagen tenue de una de las esfinges que se apuestan en la entrada del majestuoso pero nunca bien ponderado Instituto Nacional. Un día le pregunté a mi madre si esa era su escuela.

—Un poco —respondió—, me gradué en la Escuela Secundaria Nocturna Oficial porque me hice madre adolescente y ya no me era permitido seguir estudiando a la luz del día, pero la sede de la nocturna era el Instituto Nacional, y aunque nunca vestí ese uniforme, de algún modo me sentía institutora.

Cuando mi madre decía esto, sus ojos brillaban y, sin que ella se diera cuenta, de su espalda comenzaban a brotar unas grandes alas negras que aleteaban con furia y podían tardar varios días en volver a guardarse.

Crecí con la idea de que el Instituto Nacional era la escuela más bonita de todas. Ninguna catedral me emocionó tanto como cuando descubrí aquel sitio de la mano de mi madre, desde que llegamos a la entrada y vi por primera vez a esas dos criaturas asombrosas apostadas una a cada lado de las escalinatas de la puerta principal: dos mujeres portentosas con el pecho descubierto, cuello tenso, hombros y brazos afilados, alas gigantescas y garras de león, y luego, al entrar, mi cabeza se iba hacia atrás siguiendo los murales y las pinturas en los techos. Yo no podría estudiar aquí, fue lo que pensé, cuando vi esas dieciséis mujeres columna, las célebres cariátides, que sostenían el techo del aula máxima.

Mi madre me había contado de los próceres y de las gestas que se encarnaban en la historia del Instituto Nacional, pero ninguno de esos hechos me impresionaba tanto como la expresión sensible de mi madre. Ella era asceta y desconocía el vacío del orgullo. No había en ella nostalgia narcisista, sino convicción cuando decía que su escuela era un símbolo de la lucha por la libertad. La palabra libertad hacía que sus hombros y los músculos de su rostro y su cuello se tensaran y nunca pude comprender del todo lo que la libertad significaba para ella. Pero cuando lo decía, otra vez sus alas se abrían y la veía salir volando.

Muchos años después de su muerte, paso por esa calle donde «se yergue la mole de un templo del saber» que sobrevive al abandono y la embestida. Llueve, y como es la hora de salida, la muchachada corre por todas partes huyendo del aguacero. La lluvia, lejos de apabullarme, me anima a acercarme a la entrada. La imagen de más de veinte años reaparece incólume como en mi memoria. Me acerco a una de las esfinges y acaricio su hombro y ahora veo que la lluvia ha sido conveniente para que los muchachos no puedan notar que estoy llorando. Lloro porque esas esfinges siempre me han recordado a mi madre y aunque, al igual que ella, yo nunca fui institutora, el águila también aletea en mí.

El aguacero arrecia y decido correr escalinatas abajo con los jóvenes que van saliendo, hasta que al llegar a la calle, nuestros pies se levantan del suelo y salimos volando con unas enormes alas negras que brotan de nuestras espaldas.

Sobre la autora
Lilian Guevara

Nació en 1974 en el antiguo barrio de Catedral de la ciudad de Panamá. Es investigadora social y por catorce años ha dirigido proyectos de democracia y diálogo político, movimientos sociales, género, juventud, integración regional, desarrollo sustentable, comunicación alternativa y fomento cultural. Realizó estudios de Filosofía en la Universidad de Panamá. Ha producido teatro y editado libros de ciencias sociales.

Autora del libro **Mundos probables** (El Hacedor, Toronto, 2016). Cuentos suyos aparecen en las antologías **Simiente de lunas** (Editorial Equinoxio, Mendoza, 2017), **¡Basta! Cien mujeres contra la violencia de género** (Modus Ludicus, Panamá, 2017), **Aquí hay dragones** (Parafernalia Ed., Managua, 2016), **Latinoamérica en breve** (Universidad Autónoma Metropolitana Xochimilco, México, D.F., 2016).

En internet publica **El desquite**, que se puede leer en la dirección www.lilianasecas.com.

Contenido

Esta primera edición de **La escuela sobre las aguas** de Lilian Guevara se imprimió en diciembre de 2018 y estuvo al cuidado de JL Rodríguez Pittí.

v.1.0

Made in the USA
Middletown, DE
15 December 2019

80611690R00076